교과서에 나오는 우리 고전 새로 읽기 2
고미담 고미답
• 우화 소설 •

고전은 **미래**를 **담**은 그릇

고전이 **미래**의 **답**이다

박윤경 글 | 김태란 그림

아주 좋은 날

　'옛날 옛날에'로 시작해서 '행복하게 살았습니다'로 끝나는 이야기를 듣고, 읽고 자란 세대인 저는 모든 이야기처럼 삶은 행복한 결말로 끝나는 것으로 생각하며 살았습니다. 그러나 세월이 흘러 세상은 행복하기만 한 곳이 아니라는 것을 알게 되었지요. 그럼에도 불구하고 세상이 아직 살 만한 곳이라고 느끼는 까닭은, 하겠다는 의지만 있다면 많은 것을 변화시킬 수 있다는 걸 알게 되었기 때문입니다.

문학은 그 시대의 모습과 생각을 담고 있는 커다란 마당입니다. 그 마당에서 우리는 같은 고민을 하고, 문제를 해결하고, 새로운 희망을 찾습니다. 우리의 조상들 역시 한바탕 마당 놀음을 한 분들입니다. 그들의 생각은 현재까지 이어져 우리에게 질문을 던집니다.

　나를 감추고 다른 모습으로 사람들을 속이며 살고 있지는 않습니까? 우리는 겉모습만으로 그릇된 판단을 하며 살고 있지는 않나요?

　이런 질문은 과거와 현재와 미래를 하나로 연결하고, 고전은 그 중심에서 단단하고 넓은 다리의 역할을 해내고 있습니다.

　이 책에 실린 세 편의 이야기는 동물을 주인공으로 내세워 그들의 생각을 풀어놓습니다. 동물을 주인공으로 한 우화 소설은 얼핏 보면 단순하고 쉬운 이야기 같지만, 깊이 들여다보면 그 안에 품은 뜻이 결코 가볍지 않음을 알 수 있습니다. 존경받는 선비의 거짓된 모습을 꾸짖는 호랑이, 지혜롭지만 겉모습이 볼품없어 놀림을 받던 두꺼비, 자유롭지 못한 시대에 자기의 생각을 말하는 까투리는 우리의 모습을 그대로 보여 주고 있습니다.

　고전을 읽는 가장 큰 이유는 이야기를 통해 질문하는 힘을 기르는 것이라고 생각합니다. 거짓을 볼 줄 알고, 어떻게 살아가야 하는지를 고민하면서 되도록 많은 질문을 떠올려 보세요. 다양한 질문을 함께 나누고 풀어 가면서 조상들의 지혜로움을 느끼는 여행길에 동행해 볼까요?

차
례

들어가는 말 · 4

호질 · 8

호랑이와 귀신의 대화 · 9
북곽 선생과 동리자 · 16
호랑이와 북곽 선생의 만남 · 22
위선자 북곽 선생 · 32
호질 부록 · 34

두껍전 · 44

동물들의 자리다툼 · 45
여우의 하늘 구경 · 52
하늘과 땅의 이치 · 64
지혜로운 두꺼비 · 74
두껍전 부록 · 78

장끼전 · 88

배고픈 장끼 가족 · 89
까투리의 꿈 이야기 · 94
장끼의 죽음 · 100
장례식과 새로운 삶 · 106
장끼전 부록 · 114

호질

호랑이와 귀신의 대화

호랑이는 슬기롭고 성스러우며 문무를 겸비한 동물이다. 자상하고 효성스럽다 못해 지혜롭고 어질다. 또한 웅장하고 용맹스러우며 씩씩하고 용기가 있어 천하에 대적할 상대가 없다.

그러나 원숭이를 닮은 '비위'라는 짐승은 호랑이를 잡아먹고, 덩치가 크고 사나운 소를 닮은 '죽우'도 호랑이를 잡아먹는다. 몸은 희고 꼬리가 검고 외뿔에 말을 닮은 '박'도 호랑이를 잡아먹는다. 다섯 가지 빛깔의 화려한 털을 가진 '오색 사자'는 큰 나무가 있는 산에 숨어 있다가 호랑이를 잡아먹는다.

말을 닮은 '자백'도 호랑이를 먹고 '표견'도 호랑이를 먹는다. '황요'는 호랑이의 심장을 먹는다. '활'은 호랑이에게 먹힌 뒤 배 속에서 호랑이의 간을 먹는다. 또 '추이'는 호랑이를 만나면 찢어서 씹어 먹고, 호랑이는 '맹용'을 만나면 눈을 감고 감히 쳐다보지도 못한다. 그런데 사람들은 맹용을 두려워하지 않고 호랑이만 두려워했다. 이것은 아마도 호랑이가 위엄을 갖춘 짐승이기 때문일 것이다.

호랑이가 개를 먹으면 술을 마신 것처럼 취하고, 사람을 먹으면 신통하게 된다. 호랑이가 사람을 한 번 잡아먹으면, 그 사람은 '굴각'이라는 귀신이 된다. 굴각은 호랑이의 겨드랑이에 붙어 산다. 겨드랑이

에 붙어 살면서 호랑이가 사람을 잡아먹을 수 있도록 도와준다.

"이리로 오시지요."

굴각이 호랑이를 데리고 부엌으로 갔다.

"여기 먹을 것이 어디 있느냐?"

호랑이가 두리번거리자 굴각은 얼른 솥을 가리켰다. 호랑이가 그 솥을 핥자 집 안에서 소리가 들렸다.

"여보, 갑자기 배가 고프구려."

남편이 아내에게 밥을 달라고 재촉했다.

"이 늦은 밤에 갑자기 배가 고프다고 하시니 이상하네."

아내가 고개를 갸웃거리며 밥을 지으려고 부엌으로 들어왔다. 그때 기다리고 있던 호랑이가 아내를 냉큼 삼켰다.

호랑이가 사람을 두 번 잡아먹으면, 그 사람은 '이올'이라는 귀신이 된다. 이올은 호랑이의 광대뼈에 붙어 산다. 광대뼈에 붙어 살면서 높은 곳에 올라가 사냥꾼의 행동을 살펴 사냥꾼이 호랑이를 잡지 못하도록 방해한다.

"오호라, 저기에 함정을 파는군."

이올은 얼른 골짜기로 내려가서 함정을 메워 평평하게 만들었다.

"이쪽에는 덫을 놓았네."

이올은 높은 곳에서 아래를 내려다보다가 덫이 있으면 얼른 치워 버렸다. 그 사실을 모르는 사냥꾼은 매번 허탕이었다.

"이상하네. 분명히 이곳에 함정을 파 놓았는데 흔적도 없군."

사냥꾼은 함정을 만든 곳을 몇 번 둘러보았으나 찾지 못했다. 덫을 놓은 자리도 둘러보았지만 역시 찾지 못했다.

"귀신이 곡할 노릇이네. 덫도 사라지고 말이야."

사냥꾼은 고개를 절레절레 흔들며 산을 내려갔다.

호랑이가 사람을 세 번 잡아먹으면, 그 사람은 '죽혼'이라는 귀신이 된다. 죽혼은 호랑이의 턱에 붙어 살면서, 살았을 때 그가 알던 친구들을 불러낸다.

"여보게, 김 아무개, 박 아무개!"

그 목소리를 들은 친구들은 반가워하며 하나둘씩 모여들었다. 그러나 불러낸 친구의 모습은 보이지 않았다.

"이 친구는 사람을 불러 놓고 어딜 간 거야?"

"그러게 말이야. 나도 부르는 소리를 듣고 왔는데."

죽혼의 목소리를 듣고 찾아온 친구들이 우왕좌왕하고 있을 때 호랑이가 나타나 그들을 한꺼번에 잡아먹는다.

하루는 호랑이가 자기 몸에 붙어 사는 귀신들에게 물었다.

"어흠, 해가 저무는데 어디 가면 먹을 것을 구할 수 있느냐?"

그러자 겨드랑이에 붙어 사는 굴각이 말했다.

"헤헤, 제가 미리 점을 쳐 봤습죠."

"그래, 어디 먹을 만한 것이 있느냐?"

"뿔도 나지 않고 날개도 없는 짐승 같은 놈입니다."

호랑이는 굴각이 하는 말에 귀를 기울였다.

"눈 위에 비틀거리는 발자국이 나 있고, 뒤통수에 꼬리가 붙어 있습니다."

"뒤통수에 꼬리가 붙어 있다고 했느냐?"

호랑이가 의심하며 물었다.

"예, 그러하옵니다. 그래서 제 꽁무니도 못 감추는 놈이지요."

"그놈 정체가 무엇이냐?"

호랑이가 시큰둥하게 말했다.

"정확히 무엇인지는……."

굴각이 말끝을 흐렸다.

그러자 이번에는 이올이 말했다.

"동문 쪽에 아주 좋은 먹이가 있습니다."

좋은 먹이라는 말에 호랑이는 이올의 입을 뚫어져라 쳐다보았다.

"얼른 말해 보거라. 좋은 먹이란 게 무엇이냐?"

"그것은 '의원'입니다. 그자는 백 가지 풀을 찾아다니며 먹어서 살에서 좋은 향기가 납니다."

"뭐라고? 네가 지금 나를 놀리느냐?"

호랑이가 화를 내며 말했다.

"의원은 의심스러운 자다. 자기도 잘 알지 못하는 의심스러운 것을 남에게 시험하여 해마다 사람을 죽이는데 그 수가 수만 명에 이른다.

"서문 쪽에도 좋은 먹이가 있습니다."

이올이 고개를 조아리며 다시 말했다.

"어서 말해 보거라."

"그것은 '무당'입니다. 백 가지 신에게 어여삐 보이려고 날마다 목욕하여 몸이 깨끗합니다. 이 둘 중에 마음대로 잡아 드시지요."

"무당은 속이는 자다. 신을 속이고, 백성들을 유혹하여 해마다 사람을 죽이는데 그 수 또한 수만 명에 이른다. 그리하여 여러 사람의 노여움이 금잠이라는 금빛 누에가 되어 그자의 뼛속까지 스며들었을 것이다. 금잠의 똥에는 독이 있다. 내 어찌 그것을 먹을 수 있겠느냐?"

이올의 말을 듣고 호랑이가 버럭 소리를 질렀다.

"아이고, 제가 미처 알지 못했습니다."

그러자 죽혼이 말했다.

"숲속에 맛있는 고기가 있습니다."

"이번에는 틀림없느냐?"

"한번 들어 보시지요."

죽혼이 자신 있다는 듯이 말했다.

"어진 심장에 의리가 있는 쓸개, 충성스런 마음과 깨끗한 마음을 품었습니다. 음악을 배우고 예의를 행하는 자라고 합니다. 입으로 세상 모든 대가들의 말을 줄줄 외우고 만물의 이치를 다 아는 덕이 있는 자라고 합니다."

"어허, 듣자 하니 군침이 도는구나. 더 말해 보거라. 그것의 이름이 무엇이냐?"

"이것의 이름은 큰 덕을 지닌 '선비'라고 하옵는데 등살이 통통하고 몸집이 기름져서 다섯 가지 맛을 모두 겸비하고 있습니다."

그 말을 듣자 호랑이가 눈썹을 치켜세우더니 침을 흘리며 하늘을 쳐다보고 웃으면서 말했다.

"내 좀 더 자세히 듣고 싶구나."

귀신들은 다투어 호랑이에게 선비 고기를 권하였다.

"하나의 음과 하나의 양을 '도'라 부릅니다. 선비는 이것의 이치를 하나에서 열까지 아주 잘 알고 있습니다. 오행이 서로 나고……."

"잠깐, 오행이 무엇이냐?"

"오행이란 나무, 불, 흙, 쇠, 물을 말합니다. 또한 음, 양, 비, 바람, 맑음, 어둠의 여섯 가지 기운이 서로 어우러지는데 선비는 이것이 조화를 이루게 합니다. 먹기에 아름답고 이보다 더 좋은 것이 없습니다. 선비를 드시지요."

그러자 호랑이는 전혀 기뻐하지 않았다. 오히려 슬픈 표정으로 말했다.

"음양이라는 것은 본래 하나에서 난 것인데 이 두 가지를 겸했으면 그 고기가 잡될 것이다. 또 오행인 나무, 불, 흙, 쇠, 물 역시 각자의 위치가 정해져 있어 서로 먼저 생기는 일이 없어야 한다. 그런데 억지로 어떤 것은 어미처럼, 어떤 것은 아들처럼 갈라지고 심지어 짜고 신맛까지 나누었으니 그 맛이 순수하지 못할 것이다. 또 하늘과 땅 사이에 있는 여섯 가지 기운은 스스로 행해지는 것이지, 다른 이가 베풀고 인도하는 것을 기다리는 것이 아니다. 이치가 이러한데 저들이 사사로이 나누어 자기의 이익만 챙기니 그것을 어찌 먹겠느냐? 딱딱하여 체하거나 목구멍에 걸려 구역질이 나지 않겠느냐?"

북곽 선생과 동리자

중국 정나라 어느 고을에 벼슬에 욕심을 내지 않는 선비가 살았다. 사람들은 그를 북곽 선생이라고 불렀다. 나이 마흔에 손수 교서한 책이 만 권이요, 지은 책이 만오천 권이나 되었다. 이토록 학문이 깊으니 북곽 선생을 아는 사람마다 그를 입이 마르도록 칭찬했다.

"북곽 선생 같은 훌륭한 인물이 있다는 건 큰 복일세."

황제는 북곽 선생을 칭찬했다.

"북곽 선생 같은 귀한 분과 같은 하늘 아래 사는 건 행운이지."

제후들은 그를 우러러보았다.

한편 그 고을 동쪽에 얼굴이 아름답고 일찍 과부가 된 자가 있었다. 사람들은 그를 동리자라고 불렀다.

"자네, 동리자를 보았는가?"

"보았지. 자네도 보았는가?"

"나도 보았네, 그리 고운 여인은 다시없을 걸세."

"내가 듣기로는 집 밖으로 나오지도 않고 죽은 남편만 그리워하며 산다더군."

사람들은 동리자의 아름다운 외모와 수절하며 외로이 살아가는 모습을 칭찬했다. 동리자를 칭찬하는 소리를 듣고 천자는 동리자의 절개를 가상히 여기고, 제후들은 그 어진 심성을 사모하였다. 그리하여 사람들은 그 고을을 '동리자 과부의 마을'이라고 불렀다.

사실 동리자는 자식이 다섯 있었는데 각각 그 성이 달랐다.

어느 날 밤, 동리자의 다섯 아들이 모여 앉아 이런저런 얘기를 나누고 있었다.

"너도 들었지?"

둘째가 말했다.

"형님도 들었지요?"

막내도 맞장구를 쳤다.

"분명 방 안에서 나는 소린데."

다섯 아들은 조심스럽게 방문에 귀를 대 보았다. 귀를 갖다 대니

방 안에서 분명 남자의 목소리가 들렸다.

"방 안에 누가 있는 게 분명해요."

막내가 눈을 크게 뜨고 말했다.

"이상하네. 정말 이상하네."

둘째도 고개를 갸웃거렸다.

"문 북쪽에서는 닭이 울고, 문 남쪽에서는 별이 밝은데 방 안에서 소리가 나니 어찌 된 일이지?"

다섯 아들은 다시 한 번 방문에 귀를 대었다.

"허 참, 이상하네. 방 안에서 들리는 소리가 북곽 선생의 목소리와 똑같은걸."

다섯 아들은 고개를 갸웃거리며 서로 얼굴을 쳐다보았다.

그리고 동시에 문틈으로 안을 살펴보았다.

방 안에는 동리자와 북곽 선생이 있었다.

막내가 깜짝 놀라 소리치려 하자 첫째가 얼른 막내의 입을 막았다.

동리자가 북곽 선생에게 말했다.

"오랫동안 선생의 높으신 덕을 사모해 왔사옵니다."

"어험."

동리자의 말을 듣고 북곽 선생은 점잔을 빼며 수염을 만졌다.

"오늘밤에는 선생님의 글 읽는 소리를 꼭 듣고 싶습니다."

동리자가 간곡하게 청했다.

북곽 선생은 동리자의 말에 옷깃을 단정히 하고 무릎을 꿇고 앉아 〈시전〉을 외웠다.

　"원앙새는 병풍에 있고, 흐르는 반딧불은 밝기도 해라. 가마솥과 세발솥은 무엇을 본떠 만들었는가? 흥야라."

　북곽 선생은 남자와 여자의 사랑에 대한 시를 외워 동리자의 마음을 떠보았다.

　두 사람이 방 안에서 서로의 마음을 확인할 때 밖에서는 다섯 아들이 그 모습을 지켜보고 있었다.

　"사내는 과부의 집에 들어가지 않는 것이 예법인데……."

　"그러게 말이야. 방 안에 있는 사람이 북곽 선생일 리가 없어."

　다섯 아들 중 누군가 입을 열었다.

　"맞아, 북곽 선생은 덕이 높기로 유명하신 분이잖아."

　"황제도 칭찬을 한 분이데 여기 오실 리가 없지."

　"아무렴, 그렇고말고."

　"그럼, 저 안에 있는 사람은 누구지?"

　그러자 다른 아들들이 서로 들은 얘기를 풀어냈다.

　"내가 들으니 정읍의 성이 무너져서 여우가 드나드는 구멍이 생겼다고 하던데."

　"여우가 천 년을 살면 사람의 모습으로 변한다던데."

　"그 말 정말이야?"

"혹시 그 여우가 북곽 선생으로 변신한 게 아닐까?"

다섯 아들은 서로 얼굴을 맞대고 상의했다.

"내가 들으니 여우의 머리를 얻는 자는 엄청난 부를 누리고, 여우의 발을 얻는 자는 대낮에도 모습을 감출 수가 있대. 또 여우의 꼬리를 얻는 자는 남에게 잘 보여 사람들이 기뻐한다고 하는데, 우리 이 여우를 죽여서 나누어 갖자."

"그게 사실이야?"

"내가 분명히 들었어."

"옳거니, 그럼 여우 잡을 방법을 생각해 보자."

"여우는 꾀가 많아서 단번에 잡아야 해."

고민 끝에 다섯 아들은 한꺼번에 들이닥쳐 둔갑한 여우를 포위하기로 했다.

"하나, 둘, 셋!"

작은 소리로 외치고 다섯 아들은 우르르 방 안으로 들어갔다.

"여우야, 꼼짝 마라."

"요망한 것! 움직이지 마라."

다섯 아들이 서로 여우를 잡으려고 달려들었다. 이런 일이 있으리라고는 짐작조차 못한 북곽 선생은 정신이 하나도 없었다.

"아이고, 이게 무슨 일이야!"

갑자기 다섯 아들에게 포위당한 북곽 선생은 혼비백산하여 꽁지가 빠지게 달아났다.

"여우 잡아라, 여우가 도망친다!"

다섯 아들이 외치는 소리가 들리자 북곽 선생은 계속 도망칠 수밖에 없었다.

'이런 망신이 어디 있나?'

북곽 선생은 정신이 하나도 없었다.

'사람들 눈에 띄면 안 돼. 지금까지 쌓아 온 명예가 한순간에 바닥에 떨어질 텐데.'

북곽 선생은 도망치면서도 혹시나 다른 사람들이 자기를 알아볼까 두려웠다. 그러다 좋은 생각이 떠올랐다.

"옳지, 이렇게 하면 되겠구나."

북곽 선생은 팔을 목에 감고 귀신처럼 춤을 추었다.

"이히히히, 히히히……."

그러더니 이상한 소리를 내며 귀신처럼 웃으면서 달아났다.

"어이쿠!"

북곽 선생은 정신없이 도망치다 자빠져서 들판의 웅덩이에 빠지고 말았다.

"양반 체면 다 구기는군. 킁킁, 이게 무슨 냄새야?"

웅덩이 안에는 똥이 가득했다.

호랑이와 북곽 선생의 만남

북곽 선생은 똥구덩이에서 빠져나오려고 버둥거렸다. 하지만 그럴수록 온몸에 똥이 가득 묻고 냄새는 더욱 고약해졌다.

"이러다 똥통에서 죽겠구나."

북곽 선생은 한참을 똥구덩이에서 허우적거리다가 간신히 구덩이 밖으로 목을 내밀었다.

"아이고, 이제야 살겠네."

북곽 선생은 긴 한숨을 쉰 후 머리를 들고 살펴보다 깜짝 놀랐다.

"으악!"

어찌 된 일인지 호랑이가 바로 앞에 다가와 있었다.

'아뿔싸, 죽었구나.'

북곽 선생은 몸이 덜덜 떨렸다. 호랑이는 북곽 선생을 보더니 얼굴을 찡그리고 구역질을 했다.

"아이고, 부디 살려 주십시오."

북곽 선생이 똥 냄새를 피우며 애원했다.

"에이, 선비한테서 고약한 냄새가 나는구나."

호랑이는 코를 가리고 머리를 옆으로 틀며 탄식했다.

북곽 선생은 머리를 조아리고 기어서 앞으로 나아갔다. 세 번 절하고 나서 무릎을 꿇고 올려다보며 말했다.

"호랑이님의 덕은 매우 훌륭하십니다. 대인은 호랑이님이 변하는 것을 본받고, 황제와 국왕은 그 걸음걸이를 배우며, 자식들은 그 효성을 본받고, 장수들은 그 위엄을 닮으려 합니다. 호랑이님의 명성은 신령스러운 용님과 짝을 이룹니다. 위대한 분을 뵙게 되어 영광입니다. 호랑이님은 바람을 일으키고, 용님은 구름을 만드니 저같이 천한 백성은 감히 그 아래에 있어 호랑이님의 은혜를 흠모할 뿐입니다."

북곽 선생은 쉬지 않고 아첨을 했다.

그러나 호랑이는 기뻐하지 않고 크게 화를 내며 꾸짖었다.

"예끼 이놈! 가까이 오지 마라."

호랑이는 북곽 선생에게서 물러났다.

"선비는 아첨을 잘한다더니 과연 그러하구나. 네가 평소에 천하의 나쁜 말들만 모아 나에게 덮어씌우더니 지금은 살 궁리에 아첨을 떠는구나. 그런 너를 누가 믿겠느냐?"

"절대로 아니옵니다. 제가 어떻게 호랑이님의 험담을 했겠습니까? 분명 오해이십니다."

"오해라?"

"예, 오해지요. 저는 결단코 그런 일이 없습니다."

북곽 선생은 손을 싹싹 빌며 말했다.

"내 사실대로 말하면 살려 줄 터이니 솔직하게 말해 보거라. 내게 나쁜 말을 한 적이 없느냐?"

호랑이가 호통치며 묻자, 북곽 선생은 모기만 한 소리로 대답했다.

　"잘 생각이 나지 않습니다만, 만약 그런 일이 있었다면 용서해 주십시오."

　"본래 천하의 이치는 하나다. 호랑이의 성품이 악하다면 사람의 성품 또한 악한 것이요, 사람의 성품이 착하다면 호랑이의 성품 또한 착한 것이다. 너의 천 가지 말, 만 가지 말이 오상, 즉 인의예지신을 벗어나지 않아 모두 맞다. 남에게 권유하는 말도 이치에 맞다."

　북곽 선생은 호랑이가 자신을 칭찬하는 것 같아 조금은 안심이 되었다.

　"인간이라면 당연히 지켜야 할 것이 오상입니다. 인(仁)은 다른 사람을 사랑하는 어진 마음이고, 의(義)는 정의로운 마음이고, 예(禮)는 사람 사이에 지켜야 할 도리이지요. 지(智)는 아는 것이 많아서 슬기롭다는 것이고, 신(信)은 믿음이란 뜻입니다."

　"네가 말만 번지르르하구나."

　호랑이는 다시 얼굴을 찡그렸다.

　"그게 무슨 말씀이신지……."

　"네가 하는 말이 다 옳으나 사람들이 사는 도읍에는 그러한 흔적도 발자취도 없다. 가는 곳마다 코가 없어지거나 발을 베이거나 얼굴에 문신한 벌을 받은 사람들이다. 온통 죄인들로 가득하단 말이다. 내 말이 맞는지 틀린지, 너도 눈이 있으면 밖에 나가서 살펴보거라."

"듣고 보니 맞는 말씀입니다."

"죄인의 손목을 자르고, 발목을 자르는 소리가 하늘을 찌른다. 글을 알고 잘난 체하고 다니는 자는 모두 공손하지 못한 사람들이다. 그러니 아무리 좋은 먹과 도구가 많아도 그 악한 것이 사라지지 않는다. 호랑이에게는 본래 이러한 형벌이 없으니 이것만 봐도 호랑이의 성품은 사람보다 착한 것이 아니겠느냐?"

"당연한 말씀입니다. 제발 노여움을 푸시옵소서. 사람이라면 당연히 좋은 말과 행동을 해야 하는데 그러지 못했습니다."

북곽 선생은 연신 고개를 조아리며 간사한 말을 했다. 호랑이는 북곽 선생의 말을 듣고 다시 이야기했다.

"호랑이는 풀과 나무를 먹지 않고 벌레와 물고기도 먹지 않는다. 술과 같이 질서를 어지럽게 하는 음식도 좋아하지 않는다. 자질구레한 것을 남에게 시키거나 복종시키지 않는다. 산에 들어가서 사슴을 사냥하고 들에 가서는 말과 소를 사냥하지만 함부로 잡아먹지 않았다. 하여 먹는 것 때문에 죄를 짓지 않았고, 음식 때문에 소송을 해본 적도 없다. 이렇게 본다면 호랑이의 도가 광명정대한 것이 아니겠느냐? 너희는 호랑이가 사슴을 먹는다고 미워하지 않지만 호랑이가 말이나 소를 먹으면 원수로 여긴다. 이것은 사슴은 사람에게 필요가 없고, 말과 소는 필요한 것이니 그런 것이 아니겠느냐?"

북곽 선생이 듣고 보니 호랑이의 말이 틀린 것이 없었다.

"당연한 말씀입니다. 모두 옳은 말씀입니다."

북곽 선생은 앵무새처럼 같은 말만 되풀이했다.

"그러나 너희는 말이나 소가 베푸는 은혜나 수고로움은 잊어버리고 날마다 도살하여 푸줏간이나 부엌을 채우고 고기로도 부족해 뿔이나 갈기마저도 다 빼앗는다. 그것도 모자라 사슴까지 잡아가서 산에도 먹을 것이 없고 들에도 먹이가 없다. 내 말이 틀리면 틀리다고 말해 보거라."

"아닙니다. 백 번 천 번 맞는 말씀입니다. 그러니 제발 목숨만 살려 주십시오."

호랑이는 북곽 선생의 행동이 한심해 보였다.

"만약 하늘에 공평하게 처리해 달라고 한다면 내가 너를 먹는 게 공평하다고 생각하느냐, 놓아 주는 게 공평하다고 생각하느냐?"

그러자 북곽 선생은 대답하지 않았다.

"왜 아무 말도 못하느냐? 무엇이 공평하다고 생각하느냐?"

북곽 선생은 머리를 조아릴 뿐 대답하지 않았다.

"대체로 제 것이 아닌 것을 취하는 자를 무엇이라고 부르는지 아느냐?

"도둑이라 하옵니다."

"맞다. 그러면 너는 도둑이냐?"

"아닙니다. 저는 제 것이 아닌 것을 취한 적이 없습니다."

"그럼 하나 더 묻겠다. 살아 있는 것을 괴롭히고 물건을 빼앗는 것을 무엇이라고 하는지 아느냐?"

"네. 그것은 도적이라고 하옵니다."

"머리에 든 것은 많아서 대답은 잘도 하는구나. 그러면 너는 도적이냐?"

"아닙니다. 절대로 아닙니다. 저는 살아 있는 것을 괴롭히고 물건을 빼앗은 적이 없습니다."

북곽 선생은 고개를 흔들며 부인했다.

"쯧쯧, 사람들은 밤낮으로 바쁘게 자기 것을 찾아다닌다. 팔을 걷어붙이고 눈을 부릅뜨고서 두 손에 가득 움켜쥐면서도 잘못한 줄 모른다. 그것을 부끄러워하지도 않는다.

"사람들 중에 그런 자가 있기는 하옵니다. 그러나 저는 맹세코 그런 적이 없사옵니다."

"사람들은 메뚜기의 양식을 빼앗고, 누에한테서 입을 것을 빼앗는다. 벌을 죽이고 단 것을 먹는다. 더 심한 자는 개미의 알로 젓을 담가 그 할아버지의 제사를 지내니 그 어떤 잔인하고 야박한 행동이 너희보다 더 심하겠느냐. 따져 보면 가장 큰 도적이 너희들 아니더냐?"

북곽 선생은 그저 머리를 조아리고 싹싹 빌 뿐이었다.

"너희는 이치를 말하고 성품을 의논하면서 무슨 일이 생기면 하늘에 핑계를 댄다. 하지만 하늘의 이치로 본다면 호랑이와 사람은 똑같이 하나의 물건이다. 천지가 물건을 만들어 내는데 호랑이는 메뚜기나 누에, 벌, 개미 그리고 사람과 함께 키워진다. 그러면 형제와 마찬가지다. 형제라면 서로 빼앗지 말아야 한다. 또 착하고 악한 것을 따진다면 버젓이 벌이나 개미가 사는 집을 부수고 빼앗는 것은 도둑질이다. 맘대로 메뚜기나 누에의 먹이를 빼앗는 것 역시 도둑질이다."

북곽 선생은 호랑이가 하는 말을 조용히 듣고 있었다.

"너는 호랑이가 표범을 먹지 않는 까닭을 아느냐?"

"모르옵니다."

"차마 같은 무리를 해칠 수 없기 때문이다."

"그런 깊은 뜻이 있는 줄 몰랐습니다."

"호랑이가 사슴을 먹는 것을 따지면 사람이 먹는 것보다는 많지 않다. 지난해 큰 가뭄에 백성들이 서로 먹은 것이 수만 명이었다."

"정말 안타까운 일입니다. 그런 일이 있는 줄 몰랐습니다."

"이뿐 아니다. 춘추 전국 시대에 비교하면 어떠하냐? 춘추 때에는 덕을 세우기 위해 벌인 싸움이 열일곱 번이요, 원수를 갚기 위한 싸움이 서른 번이었다. 그들이 흘린 피는 천 리에 흐르고 시체가 백만이나 쌓였다."

"잘못했습니다. 부디 용서해 주십시오."

"그러나 호랑이는 홍수나 가뭄을 모르기 때문에 하늘을 원망하지 않고, 원수나 은혜를 모르기 때문에 미워하지 않으며 운명을 알아 순

리대로 살아간다. 그래서 무당이나 의원의 간사함에 현혹되지 않는다. 타고난 성품대로 충실하게 살아가기 때문에 세속의 이로움을 탓하지 않는다. 무기도 쓰지 않고 홀로 발톱과 어금니로 온 천하에 위엄을 떨치는 것만 보더라도 호랑이가 지혜롭고 성스러운 까닭을 알 수 있다."

"아무렴요, 백 번 지당하신 말씀입니다."

북곽 선생은 호랑이의 말에 맞장구를 치며 굽실거렸다.

"너는 솥과 술잔에 호랑이와 원숭이를 그려 넣는 까닭을 아느냐?"

"잘은 모르겠사오나 호랑이님의 효심이 깊기 때문이 아니겠습니까?"

"맞다. 그건 호랑이가 천하에 효성을 펼친 것을 가르치기 위함이다. 너는 이것 말고도 내가 훌륭한 까닭을 알고 있느냐?"

"지혜가 부족하여 잘 알지 못하니 알려 주십시오."

북곽 선생이 연신 고개를 조아리며 공손하게 굴자 호랑이도 조금 부드러운 목소리로 말했다.

"나는 하루에 한 번 사냥한다. 사냥한 것을 혼자서 다 먹지도 않는다. 까마귀와 솔개, 개미에게 먹이를 나누어 준다. 이것은 내가 어질기 때문이다. 또한 아첨하는 자를 먹지 않고, 병이 있는 자도 먹지 않는다. 상복 입은 자도 먹지 않으니 그 의로움을 다 말할 수가 없다."

"말씀을 듣고 보니 그 크신 덕에 부끄러워 고개를 들지 못하겠습니다."

"나는 이러하거늘 너희들은 참으로 어질지 못하도다. 너희들이 먹는 것을 보면 함정을 파는 것도 부족해서 그물을 치고, 창까지 만든다. 통발에 토끼 잡는 그물과 새를 잡는 그물, 고기 잡는 그물, 그물의 종류만 해도 여럿이다. 그물을 처음 만든 자는 벌을 받아야 할 것이다."

"아이고, 잘못했습니다. 그저 목숨만 살려 주십시오."

북곽 선생은 호랑이가 호령하자 무조건 빌고 또 빌었다.

"사냥할 때 필요한 것이 무엇인지 아느냐?"

"잘 모르겠습니다."

"도대체 네가 제대로 아는 것이 무엇이냐?"

호랑이가 호통을 치고는 이어 나갔다.

"그밖에 바늘, 몽둥이, 세모진 창, 큰 창이 있다. 또 포를 한 번 쏘면 소리가 산을 울리고, 불은 음양을 다 토해 내어 천둥보다 더 사납다. 그래도 그 사나운 마음을 다 풀지 못한다."

호랑이는 잠시 말을 멈추고 한숨을 쉬더니 다시 말을 이었다.

"너희는 새로운 무기를 계속 만든다. 부드러운 털을 입으로 빨아 아교를 합쳐서 붓을 만들더구나. 마치 대추씨의 길이만 한 것이 조그만 종지에도 차지 못하는데 이것에 오징어 거품 같은 것을 찍고 가로세로로 찌른다. 굽은 것은 창과 같고, 예리한 것은 검과 같고, 갈고리가 있는 것은 창과 같다. 곧은 것은 화살과 같고, 팽팽하게 휜 것은

활과 같아 이 병장기가 한번 움직이면 모든 귀신이 밤에 운다. 이 정
도로 거칠고 독한 것이 또 어디 있겠느냐?"

위선자 북곽 선생

"아이고, 잘못했습니다. 죽을죄를 지었습니다."

북곽 선생은 죽을 각오로 납작 엎드려서 빌었다.

"제발 자비를 베풀어 목숨만은 살려 주십시오."

북곽 선생이 빌어도 호랑이는 아무런 대꾸도 없었다.

북곽 선생은 엎드려서 주춤거리다가 두 번 절하고는 머리를 조아
리면서 말했다.

"맹자가 말하기를 비록 악한 사람이 있더라도 목욕하고 마음을 깨
끗이 하면 옥황상제를 섬길 수 있다고 했습니다. 이 땅의 천한 백성
은 감히 호랑이님에게 가르침을 받기를 원합니다."

그렇게 말하고 북곽 선생은 숨을 죽이고 가만히 기다렸다.

"호랑이님, 저를 불쌍히 여겨 제발 살려 주십시오."

그러나 한참 동안 호랑이는 말이 없었다.

"무슨 말씀이라도 해 주십시오."

북곽 선생은 진심으로 황송하고 두려워서 손을 마주잡고 머리를

조아렸다.

　얼마나 그렇게 엎드려 있었을까? 한참을 그러다가 하늘을 올려다보니 동쪽 하늘이 밝았다. 호랑이는 이미 가 버리고 없었다.

　"아이고, 살았구나."

　북곽 선생은 그제야 안도의 숨을 쉬었다.

　이때 농부가 밭에 김을 매러 나왔다가 북곽 선생을 보았다.

　"선생님, 들에서 무엇을 하십니까?"

　북곽 선생이 농부를 쳐다보았다. 속으로는 화들짝 놀랐으나 겉으로는 태연한 척했다.

　"선생께서 어찌 이렇게 일찍 들에 나오셔서 절하십니까?"

　농부가 다시 물었다.

　북곽 선생이 거드름을 피우며 말했다.

　"흠, 자네는 잘 모를 테지만……. 내가 들은 바로는 하늘이 무척 높다 하더이다. 한낱 인간인 내가 하늘이 높으니 감히 엎드리지 않을 수 있겠소? 또한 땅이 두꺼우니 어찌 기지 않을 수 있겠소?"

호질
부록

원전을 기본으로 하나 어려운 한자나 이해하기 힘든 부분은 풀어서 썼습니다. 또한 미루어 짐작할 수 있는 상황은 대화나 인물의 심리 상태를 추가해 고전에 쉽게 접근하도록 했습니다.

들어가기

장면1.

여학생 : 시험공부 다 했니?

남학생 : (자신만만한 모습으로) 공부는 무슨, 그냥 평소 실력대로 하는 거지.

여학생 : (한심하다는 듯이) 시험이 일주일밖에 안 남았는데 넌 천하태평이구나.

남학생 : 난 공부만 하는 샌님은 아니거든.

여학생 : 말을 말자. 내 입만 아프지.

장면2.

선생님 : (환하게 웃는 얼굴로) 시험 결과가 나왔어요. 깜짝 놀랄 정도로 성적이 오른 학생이 있어요.

여학생 : (자신 없는 목소리로) 왠지 나는 아닌 것 같은데…….

선생님 : 우리 반 최고 성적은 바로 '이○○'!

여학생 : (깜짝 놀라 남학생을 쳐다보며) 너 그렇게 열심히 했으면서 지난번에 왜 그렇게 말한 거야? 너를 보니까 생각나는 속담이 있어. '열 길 물속은 알아도 한 길 사람 속은 모른다.'

남학생 : (두 눈을 동그랗게 뜨고) 내가 겉과 속이 다르다는 얘기야?

여학생 : 좋을 대로 생각해.

장면3.

남학생 : (머리를 긁적이며) 그만 화 풀어. 미안해.

여학생 : 화가 난 건 아니야. 좀 섭섭한 거지.

남학생 : 너 화내는 거 엄청 무서웠어. 〈호질〉에 나오는 호랑이 같더라니까!

여학생 : (화들짝 놀라며) 네가 〈호질〉도 알아?

남학생 : (어깨를 으쓱거리며) 그럼, 내가 생각보다 지식이 많은 사람이라고. 〈호질〉로 이행시를 지을 테니까 잘 들어 봐!

　　　　호 : 호질은 '호랑이의 꾸짖음'이라는 뜻을 가지고 있어.

　　　　　　겉과 속이 다른 북곽 선생을

　　　　질 : 질책하는 내용이 담긴 박지원의 한문 소설이야.

고전 소설 속으로

〈호질〉은 연암의 대표적인 풍자 소설이다.《열하일기》제4권 〈관내정사〉에 실린 이야기로, 호랑이가 선비로 대표되는 인간을 꾸짖는 내용이다.

이 작품의 주요 인물은 호랑이, 북곽 선생, 동리자다. 호랑이는 단순히 동물이 아닌 인격화된 존재로, 위선적인 인간을 비웃는다. 북곽 선생은 학문과 덕이 높다고 소문났으나 사실은 남을 속이고 아첨하는 인물이다. 동리자 역시 열녀라고 소문이 났으나 각기 성이 다른 다섯 아들을 둔 여인이다. 〈호질〉은 이러한 위선적 인물들을 내세워 인간 세상 전반을 풍자하고 비판한다.

미리미리 알아 두면 좋은 상식들

1) 박지원

1737년에 태어나 1805년에 세상을 떠난 조선 후기의 문인으로 조선 시대 최고의 문장가라는 평가를 받았다. 소설, 철학, 천문학 등 여러 영역에서 활동했다. 당시 세도가였던 홍국영과 반대파였던 박지원은 황해도 금천의 연암 골짜기에 숨어 연암당을 짓고 살았는데, 박지원의 호 '연암(燕巖)'은 여기서 유래했다. 박지원은 벼슬에 올라 출세를 하는 것보다 진정한 선비의 길이 무엇인지 고민하는 데 몰두했으며, 당시 사회 문제를 똑바로 보고자 애쓴 실학자였다.

2) 박지원의 대표적인 작품들

•《열하일기》:《열하일기》는 모두 26권으로 되어 있다. 박지원이 1780년 청나라 황제의 칠순을 축하하기 위해 사신으로 가는 친척 형을 따라 청나라를 여행하며 겪은 일을 기록한 책이다. 중국의 역사, 정치, 경제 등 다양한 분야가 상세하게 적혀 있다.

일기답게 날짜를 기록한 후 그날 일어난 일을 적었고, 조선과 중국을 비롯한 다른 나라와의 관계와 청나라 지식인과의 대화 그리고 필요에 따라 자기 생각을 글로 쓴 소설도 있다.

박지원은 청나라의 발달된 문화와 문물을 받아들여야 한다고 주장했고,《열하일기》는 많은 독자들이 돌려 가며 필사를 했을 정도로 인기가 많았다고 한다.

•〈양반전〉: 이 작품은 양반의 옳지 못한 행동을 우스꽝스럽게 묘사하며 양반 계층을 비판하는 내용을 담고 있다.

양반이 아니라서 무시당하는 평민 부자가 돈으로 양반 신분을 사서 겪는 이야기다. 양반의 신분을 사면 존경받고 바랄 것이 없을 것이라는 부자의 생각은 여지없이 깨지고 만다. 부자가 본 양반은 한낱 도둑놈에 불과했기 때문이다.

　몰락한 양반과 돈 많은 평민을 통해 신분 계급 타파를 주장하고, 양반 사회의 허위와 부패를 폭로한 작품이다.

　• 〈허생전〉: 글만 읽던 가난한 선비 허생이 장사로 돈을 벌어 도둑들을 설득해 섬으로 들어가 이상국을 건설한 후 원래의 자기 모습으로 돌아오는 이야기다. 이 작품은 매점매석으로 돈을 버는 수법이 악하다는 것과 무능한 양반 계층이 현실을 자각하고 변해야 함을 주장하고 있다. 조선 후기가 되면서 나라에 세금을 내지 않고 장사하는 상인들이 등장했다. 이런 상인들은 싼값에 물건을 사들인 후 비싸게 팔아서 이익을 남겼다. 결국 소비자만 피해를 입는 상황이 벌어졌다. 박지원은 시대의 변화를 읽고 변해야만 살아갈 수 있음을 이 작품을 통해 보여 주고 있다.

3) 박지원 소설에 대하여 알아보기
　• 소설에 나오는 인물 유형
❶ 평민 계층이 주인공으로 나오는 작품
　– 〈마장전〉, 〈예덕선생전〉, 〈광문자전〉

❷ 몰락한 양반이나 서얼, 은둔자가 주인공으로 나오는 작품

- 〈김신선전〉, 〈민옹전〉, 〈우상전〉

❸ 양반이나 평민, 동물이 대립하거나 주인공으로 나오는 작품

- 〈양반전〉, 〈호질〉, 〈허생전〉

❹ 중인 계층의 여성이 주인공으로 나오는 작품

- 〈열녀함양박씨전〉

• 박지원 소설의 특징

❶ 현실에 대한 풍자와 비판

❷ 새로운 인간형 제시

❸ 인간성의 긍정과 평등사상

• 박지원의 다른 작품들

- 〈마장전〉: 남의 비위만 맞추려는 인간의 모습을 풍자

- 〈예덕선생전〉: 직업 차별 타파와 더러운 똥을 치우면서도 깨끗하
게 사는 천인의 성실함을 기림

- 〈민옹전〉: 이상만 크고 실천하지 않는 게으른 유생의 모습을 풍자

- 〈양반전〉: 양반의 허위와 부패를 풍자

- 〈김신선전〉: 신선 사상의 허구 타파

- 〈광문자전〉: 거지 광문의 선하고 성실한 심성을 통해 양반 사회

의 모습을 간접적으로 풍자

- 〈우상전〉: 인재 등용의 실책 비판

- 〈역학대도전〉: 기회주의에 젖어 출세만 꿈꾸는 자를 풍자

- 〈봉산학자전〉: 글을 모르더라도 농사짓고 가정생활을 잘 하는 사
  람이 진실한 학자임을 주장

* 〈역학대도전〉과 〈봉산학자전〉은 연암이 찢어 버렸다고 한다.

담고 싶은 이야기

〈호질〉은 황제와 제후들로부터 칭송받고 존경받는 북곽 선생과 열녀로 소문난 동리자의 위선적인 모습을 비판하고 있다. 허례허식에 빠져 권력자에게 아부하는 당시 양반의 가식적인 행위와 부패한 도덕성을 폭로하며 비판하려는 의도가 담겨 있다.

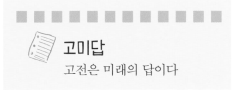

고민해 볼까?

박지원은 대표적인 실학자다. 실학사상은 무엇일까?

실학이란 실생활에 도움이 되는 실용적인 학문을 말한다. 조선의 기반이 되었던 학문은 성리학이었다. 성리학은 사람의 성품, 우주의

원리를 연구하는 학문이다. 성리학은 가족과 국가를 중심으로 윤리 규범을 제시하고 사회의 중심 사상으로 발전했다. 그러나 이론에 치우친 성리학은 백성의 실생활에는 도움이 되지 못했다.

서양의 앞선 기술이 소개되면서 실사구시(實事求是, 사실을 바탕으로 진리를 찾음), 이용후생(利用厚生, 기술 또는 기계를 이용하여 생활을 편리하게 함)에 걸맞게 생활에 관련된 학문이 필요하다고 주장하는 학자들이 나타났다. 이 사람들을 실학자라고 한다.

실학자들은 농민들이 잘 살 수 있도록 새로운 농사 기술을 가르치고, 토지 제도를 바로잡아야 한다고 주장했다. 청나라의 선진 문물을 배우고 상공업을 발전시켜야 한다는 주장도 있었는데 그러한 주장을 '북학론'이라 한다. 북학론을 주장한 학자들을 '북학파'라고 했는데 박지원은 북학파의 선구자였다.

미처 생각하지 못한 질문

1. 북곽 선생으로 대표되는 그 당시 양반 계층을 꾸짖는 존재로 호랑이를 등장시킨 이유는 무엇일까?
2. 북곽 선생과 동리자는 자신들의 행동을 반성했을까?
3. 굴각, 이올, 죽혼의 행동을 통해서 박지원이 말하고 싶었던 것은 무엇일까?

〈호질〉은 호랑이가 북곽 선생을 혼내는 내용이지만 자세히 들여다 보면 그 대상이 북곽 선생만은 아니다. 이 작품에서 가장 잘못하고, 벌을 받아야 하는 대상은 누구인지 생각해 보고 그 이유를 말해 보자.

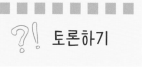

토론하기

누가 가장 큰 벌을 받아야 할까?

1. 사람과 동물을 잡아먹는 호랑이

2. 아첨과 위선을 일삼는 북곽 선생

3. 열녀라 속이고 정절을 지키지 않은 동리자

4. 진실을 제대로 알지 못하는 황제와 제후들

두껍전

동물들의 자리다툼

　중국 명나라에 옥포산이라는 아름다운 산이 있었다. 산의 높이가 하늘에 닿을 듯하고, 첩첩이 겹친 골짜기와 수많은 봉우리가 병풍처럼 둘러싸여 있어 사람들의 발길이 닿지 않는 곳이었다. 그곳에 털빛이 뽀얗고 주둥이는 뾰죽하고 두 귀는 쫑긋하고 허리는 긴 네발짐승이 살았다. 사람들은 그 짐승을 노루라고 불렀다. 노루는 의젓하고 품위가 있는 데다 부자였다. 짐승들은 노루를 부러워하며 '장 선생'이라고 불렀다.

　어느 날, 장 선생이 벼슬을 얻어 산속의 짐승들을 초대해 축하 잔치를 벌이고자 했다.

　"모든 짐승들을 초대하는 자리에 호랑이를 초대하지 않으면 분명 화를 입을 것입니다."

　손자의 말을 듣고 장 선생이 눈을 감고 한참을 고민하더니 말했다.

　"호랑이는 제 힘만 믿고 친구의 의리를 모르는 놈이다. 몇 해 전에 네 형을 죽이려 했던 일을 잊었느냐? 호랑이가 오면 다른 짐승들도 편치 않을 것이다."

　알록달록 꽃이 만발하고 골짜기에 봄기운이 가득하니 경치 또한 절경이었다. 장 선생은 소박한 옷차림으로 손님들을 기다렸다. 멋진

뿔을 가진 사슴이 제일 먼저 들어왔고, 촐랑대는 토끼, 쑥스러워하는 승냥이, 방정맞은 원숭이, 꾀 많은 여우, 어룽더룽 두꺼비, 거칠한 고슴도치, 빛 좋은 오소리, 미련한 두더지, 엉뚱한 수달 등이 앞서거니 뒤서거니 하며 줄지어 찾아왔다.

잔치에 초대받은 손님들이 서로 윗자리에 앉겠다고 우왕좌왕하니 주인인 노루도 정신이 쏙 빠져 지켜보기만 할 뿐이었다.

그때 토끼가 나서며 말했다.

"자, 조용히, 조용히 하세요. 너무 떠들지 말고 제 말 잠깐 들어 보세요."

그러자 노루가 말했다.

"무슨 말씀입니까?"

"예부터 지켜야 할 법도가 있는데 우리가 아무리 배움이 없다 한들 이 무슨 부끄러운 일입니까?"

토끼의 말을 들은 노루가 말했다.

"듣고 보니 맞는 말씀이오. 그럼 어떻게 자리를 정하면 좋겠습니까?"

토끼가 손님들을 둘러보며 대답했다.

"내가 알기로는 나라에서는 벼슬이 높은 순서대로 자리를 정하고, 마을에서는 나이에 따라 자리를 정한다고 하니 우리도 나이에 따라 자리를 정하지요."

그 말이 끝나자마자,

"어허, 내가 나이가 많아 허리가 이렇게 굽었소. 그러니 내가 윗자리에 앉는 게 마땅하지요."

라며 노루가 말하고는 얼른 윗자리에 앉았다.

'아이고, 응큼하게 허리가 굽은 걸 나이 많은 탓으로 돌리니 나는 어떤 핑계를 대지…….'

꾀 많은 여우는 턱을 쓰다듬으며 생각하다가 말했다.

"내 나이가 많아 이렇게 수염이 세었다오. 그러니 내가 어른이지."

그러자 노루도 지지 않고 말했다.

"나이가 많다 하니 호패를 보여 주시오."

"내가 젊은 시절에 놀기를 좋아하여 술에 취해 오다가 대신에게 그만 호패를 빼앗겨 아직까지 찾지 못하였소. 그러나 황하 물이 넘치던 시절 내가 힘이 세다고 그 물을 막으라고 했으니 내 나이가 얼마나 많겠소? 그러는 당신은 언제 태어났소?"

"이 세상이 만들어지고 하늘에 별이 밝을 때, 별 박는 일을 했으니 내 나이가 더 많지 않겠소?"

둘이 윗자리에 앉겠다고 다투자 두꺼비가 머리를 굴렸다.

'저놈들이 서로 거짓말로 나이 많은 체하니 나 또한 못할까.'

두꺼비가 갑자기 건넛산을 바라보고 슬피 울며 눈물을 흘렸다.

"당신은 무슨 슬픔이 있기에 좋은 날에 울고 있습니까?"

여우가 꾸짖자 두꺼비가 말했다.

"저 건너 회양목을 보니 절로 눈물이 나는구려."

"저 건너 회양목 빈틈으로 네 고조할아버지가 나왔더냐? 어찌 슬퍼하느냐?"

여우가 비웃자 두꺼비가 크게 화를 냈다.

"네 어찌 함부로 말을 하느냐? 네가 귀가 있거든 내 슬픈 사연을 들어 보거라. 젊은 시절에 내가 저 나무 세 그루를 심었다. 한 그루는 첫째아들이 별 박는 방망이 한다고 베고, 또 한 그루는 둘째아들이 황하 물 넘칠 때 춘천 부사가 되어 흙 퍼내는 가랫장부로 쓰려고 베었다. 두 아들이 다 죽고 나와 저 나무 한 그루만 살았구나. 혼자 살아 저 나무를 다시 보니 슬프구나."

"그렇다면 우리 중에 당신이 나이가 가장 많단 말입니까?"

여우가 말했다.

"네 아무리 짐승이라 해도 생각이 있을 것 아니냐? 네 고조할아버지보다 나이가 많단 말이다."

토끼가 이 말을 듣고 얼른 자리를 내주었다.

"그러면 두꺼비 어른이 윗자리에 앉으십시오."

그러나 두꺼비는 사양했다.

"그러지 말게. 나보다 나이 많은 이가 있을지 모르니 우선 들어 보세나."

"아니올시다. 우리는 하늘에 별을 박는다는 말도, 황하 물 넘친다는 말도 듣지 못하였으니 두꺼비님이 가장 나이가 많습니다."

그제야 두꺼비가 펄쩍 뛰어 윗자리에 앉고, 여우가 그다음 자리에 앉고, 다른 손님들도 자리를 잡았다.

"어르신이 연세가 많으니 분명 세상 구경도 많이 하셨을 텐데, 어디어디를 다니셨습니까?"

여우는 윗자리를 빼앗긴 게 분이 풀리지 않아 물어보았다.

"내가 구경한 곳은 말할 수 없이 많다. 너는 얼마나 구경을 하였느냐?"

"저는 중국 여기저기를 구경하였습니다. 동으로 태산, 남으로 명산, 북으로 향산, 중앙의 숭산까지 안 가 본 곳이 없습니다. 게다가 악양루(중국 후난성 웨양시에 있는 누각)와 봉황대도 올라가 보고 동정호(후난성 북부에 있는 중국 제2의 담수호) 칠백 리와 무협 12봉을 굽어보니 대장부의 마음이 상쾌했습니다. 채석강, 적벽강과 동정호, 소상강도 가 보았지요. 오나라와 초나라 여기저기를 구경하니 곳곳마다 영롱하고 아름다워 눈이 부실 정도였습니다."

말을 하던 여우가 갑자기 슬픈 표정을 지었다. 잔치에 모인 짐승들이 쳐다보자 다시 이야기를 시작했다.

"동남쪽을 다 본 후에 중원을 바라보니 슬픈 마음이 밀려왔지요. 중국 진나라 때 화려했던 아방궁(진나라 시황제가 세운 궁전)은 불타고, 동작대 높은 집은 티끌이 되었으니 다 한바탕 봄꿈처럼 부질없는 일입니다.

탁록의 넓은 들과 높은 언덕은 옛사람들의 전쟁터라 주인 없는 외로운 혼백이 겹겹이 쌓였으니 그 또한 슬픈 일 아닙니까? 또 장강을 건너 무릉도원에도 갔습니다. 무릉도원에 들어가니 복숭아꽃이 만발하여 시냇물에 둥둥 떠 있는데 매우 아름다웠지요."

"무릉도원은 신선이 사는 곳이라던데 정말 그렇습니까?"

토끼가 물어보자 여우는 기다렸다는 듯이 말했다.

"물론입니다. 좋은 향기와 아름다운 복숭아꽃을 보니 여기가 천국이구나 싶던걸요."

"또 어디를 다녀왔는지 이야기해 주시지요."

원숭이가 참지 못하고 재촉했다.

"사해 팔방을 다 본 후에 조선의 평안도로 올라오니 강산도 절묘하고 경치도 으뜸이더군요. 송도를 지나 한양을 바라보니 도봉산과 삼각산이 하나로 되어 있고, 한강수가 흐르고, 관악산이 막혔으니 산도 아름답고, 지세도 웅장했습니다. 동쪽으로 금강산과 서쪽으로 구월산, 남쪽으로 지리산과 북쪽으로 묘향산과 백두산도 모두 구경했지요. 동해를 건너 일본의 대마도를 지나 강호로 들어갔다 천천히 다본 후에 다시 조선으로 건너왔습니다. 관동 팔경 구경하고 압록강으로 건너오니 이만하면 사해 팔방을 다 구경하였지요. 내 세상 구경은 이러한데 어르신은 얼마나 구경하였습니까?"

두꺼비가 눈을 끔적이며 천천히 대답했다.

"네가 구경은 많이 했으나 풍경만 구경하고 왔구나. 하늘, 땅, 별, 산천이 다 근본 출처가 있느니라. 근본을 다 안 후에 구경을 해야 제대로 하지 않겠느냐?"

그 자리에 모인 짐승들이 모두 두꺼비를 쳐다보았다.

"나는 방방곡곡 팔방을 다 구경하였다. 중국 우임금이 아홉 개의 연못을 얻어 황하수를 인도하고 12 제국은 주나라 문왕이 조공 받던 나라요. 유명한 다섯 개의 산은 동으로 태산이요, 서는 화산이요, 남은 형산이요, 북은 항산이요, 중앙은 숭산이니 천지오행에 맞춰 방향을 정한 것이다. 고소대와 악양루는 경치가 아름다워 유명한 시인들이 칭찬하던 곳이고, 채석강은 당나라 이태백이 밤늦도록 놀다가 술에 취해 물속에 비친 달을 잡으려고 뛰어든 곳이다. 이태백의 혼은 큰 고래를 잡아타고 날개가 돋아 신선이 되어 하늘로 올라갔다고 하더구나. 무릉도원은 진시황 시절에 피난하는 사람이 들어가 살아 신선이 되었다는 곳이다. 백발이 다시 검어지고 얼굴빛이 도로 아이 같아진다고 하니 참으로 신기한 곳이지."

"정말 그런 곳이 있나요? 누가 처음 발견했는지 아시는지요?"

이번에도 토끼가 확인하듯 물었다.

"허허, 내 자세히 알려 줄 테니, 잘 들거라. 한 늙은 어부가 고기를 잡으러 다니다가 물 위에 복숭아꽃이 많이 떠내려오는 것을 보고 따라 올라갔더니 참으로 별천지요, 인간 세상이 아니더라. 어부가 아내와 자식을 데리고 들어와 살기로 마음먹고 그곳을 나올 때 댓가지를 꺾어 열 걸음에 한 개씩 꽂아 길을 표시하고 왔지. 다음해 춘삼월에 아내와 자식을 데리고 다시 가 보니 곳곳마다 복숭아꽃이 물에 떠 있어 이곳이 무릉도원이 아니냐고 했더란다.”

“생각만 해도 기분이 좋아지네요.”

토끼가 마치 무릉도원에 온 듯한 표정으로 말했다. 두꺼비가 말을 이었다.

“조선은 태백산 박달나무 아래 신인(神人)이 내려와 임금이 되었으며, 그 후에 경상도 경주 땅에 박, 석, 김 세 가문이 왕이 되어 평화롭게 다스리던 아름다운 나라였다. 여우야, 세상 만물들이 다 근본 출처가 있거늘, 너는 가소롭게 구경을 많이 한 체하니 두더지 수박 겉핥기요, 하룻망아지 서울 다녀온 격이로구나.”

여우의 하늘 구경

여우는 두꺼비에게 놀림을 당해 분하고 억울했다.

“그러면 어르신은 하늘도 구경하셨습니까?”

여우는 두꺼비가 어쩌나 보려고 물었다.

"너는 하늘을 구경하였느냐?"

여우가 으쓱거리며 말했다.

"제가 하늘을 구경한 지 오래되지 않았습니다."

"그러면 네가 구경한 것을 낱낱이 말해 보거라."

여우가 기억을 더듬는 듯 얼굴을 찡그리더니 말을 이었다.

"그럼, 제가 하늘에 다녀온 얘기를 해 볼까요? 삼십삼천(도리천이라고도 하며 불교에서 말하는 욕계의 여섯 하늘 중 두 번째 하늘)을 두루 구경할 때 은하수 다리가 있었는데 이름이 오작교였지요. 세상에서 보지 못하던 꽃과 풀이 가득하고, 신선들이 황룡으로 구름밭을 갈고 불로초를 심고 있었습니다. 그 모습을 보니 모든 근심이 사라지고 마음이 편안해지더군요.

세 번째 하늘에 올라가 비단 짜는 집을 찾으니 큰 문이 태극으로 되었으며, 그 문 위의 현판에 '직녀대'라고 써 있었습니다. 들어가니 고요히 베 짜는 소리만 들렸지요. 백옥병풍을 둘러치고 한 여인이 비단 옷을 짜고 있었어요. 그래서 다가가 물었지요.

'그대는 선녀입니까?'

그 선녀가 베 짜는 일을 멈추고,

'나를 모르시오? 인간 세상에서는 나를 직녀라 하던데 내 이름은 천소예요. 옥황상제가 가장 사랑하는 딸이지요. 옥황상제가 저를 사

랑하셔서 잠시도 곁을 떠나지 못하다가 하루는 옥황상제께서 광한전에 갔을 때 견우와 함께 놀았지요. 견우는 소를 치는 목동이었는데 역시 황제께서 아끼던 사람이었지요. 견우에게 몸에 찼던 옥으로 만든 패물을 주었는데 옥황상제가 알고는 노하셔서, 나는 동(東)으로 견우는 서(西)로 귀양 보내셨답니다. 일 년에 단 한 번, 칠월 칠석에 까마귀와 까치를 시켜 다리를 놓고 하룻밤 만나니 그 그리운 마음을 어찌 다 풀 수 있겠어요.' 하더군요."

"아이고, 불쌍해라."

모여 있던 짐승들도 직녀의 사정을 듣고는 안타까워했다.

"여우님을 못 믿어서 그런 게 아니라 직녀님을 만났다는 증거가 있을까요?"

눈을 데룩데룩 굴리며 토끼가 말했다.

"허허, 그러잖아도 내가 직녀님께 부탁을 했지요. 미천한 몸이 하늘나라 경치를 구경하고 직녀님을 뵈어서 자랑하고 싶은데 증표로 주실 게 있냐고요."

"그랬더니요?"

또 그사이를 못 참고 원숭이가 끼어들었다.

"제가 부탁하자 직녀님이 일어나 베틀을 괴었던 돌을 집어 주셨지요. 돌을 받아 가지고 저는 아홉 번째 하늘에 올라갔습니다. 구름 속에 밝은 빛이 나는 곳에 집이 있는데 바로 광한전이었지요. 앞에 큰 계수나무 한 그루가 있는데 가지는 수천 가지요, 잎은 만 개였어요. 남쪽 가지에 그넷줄을 매었는데 비단 줄이 무지개같이 드리웠고, 옥토끼가 절구질하여 불사약을 빻고 있었어요. 또, 한 선녀가 옥 두꺼비를 안고 한가롭게 졸고 있었어요. 그 선녀가 누군지 아십니까?"

여우가 묻자 다들 눈만 말똥말똥 뜬 채 여우의 입만 쳐다보았다.

"대체 그 선녀가 누구였습니까?"

이번에도 원숭이였다.

"살빛은 달빛 같고, 옥빛도 달빛 같으니 눈이 부시어 감히 우러러보기도 어려웠지요. 잠깐 살펴보니 미간에 수심이 있고, 귀밑에 눈물 흔적이 있더이다. 자세히 보니 월궁항아(전설에서 달에 있는 궁에 산다는 선녀, 아름다운 여자를 비유적으로 이르는 말로 쓰이기도 함)였어요."

"월궁항아도 만나셨군요. 정말 아름다운가요?"

"암요, 아주 아름답죠. 불사약을 훔쳐 월궁으로 도망쳐 혼자 있으니 외로워 보였습니다."

"그리고 또 누굴 만나셨습니까?"

가만히 있던 노루가 한 마디 하자 여우는 더욱 신이 나서 말했다.

"월궁을 구경하고 열세 번째 하늘에 도착하니 그곳은 서왕모가 있는 곳이었어요. 백도나무 한 그루가 있는데 시녀들은 졸고 있더이다. 삼천 년 만에 꽃이 피고 다시 삼천 년 뒤에 열매를 맺는, 신선들만 먹는다는 그 복숭아를 나도 하나를 따 먹으려다 그만두었지요.”

“아이고, 하나 드시지 왜 그러셨어요? 그리 귀한 것을.”

원숭이가 마치 자기가 복숭아를 먹지 못해 안타깝다는 듯이 입맛을 다시며 말했다.

“그러게 말입니다. 저라면 냉큼 먹었을 텐데요.”

“맞아, 맞아.”

여기저기서 왁자지껄하자 여우는 흐뭇한 마음이 들어 빙그레 웃으며 말했다.

“전에 삼천갑자 동방삭(18만 년이나 오래 산 동방삭이란 뜻으로 장수하는 사람을 이르는 말)이 복숭아 하나 훔쳐 먹은 죄로 인간 세계에 귀양 온 게 생각나서요. 몰래 먹었다가 들키면 죽을 게 뻔하니까요.”

“그런 일이 있었군요. 아무리 신선이 먹는 것이라 해도 목숨만 하겠어요? 안 드시길 잘했네요.”

토끼가 맞장구를 쳤다.

“또, 스물다섯 번째 하늘에 올라가니 자미궁이 보였어요. 잡귀나 악귀를 몰아내는 신과 동서남북 네 바다 속에 있는 용왕이 지키고 있었어요. 동방에 천군 제장은 백호가 호위하고, 북방의 흑제 장군은 현무가 호위하고, 중앙의 황제 장군은 구진이 호위하고 있으니, 엄숙하고 무서워서 감히 들어가지 못했죠. 문밖에 앉아서 보니 여러 선관

선녀가 옥황상제께 문안드리러 들어가고, 이태백(중국 당나라 때 시인으로 중국 최고의 시인이라 불림)과 두목지(당나라 말기의 시인), 소동파(중국 송나라의 유명한 시인)가 모두 모여 있더군요."

이쯤 되자 모두들 여우를 부러워했다.

"그리고 남천교 밖으로 나오다가 마고할미(전설에 나오는 늙은 신선 할미)에게 술 한 잔을 사 먹고, 남극노인성(南極老人星, 인간의 행복과 장수를 주관하는 신)을 보러 찾아 들어가니 백발노인이 있지 않겠어요. 책상에 책을 놓고 붓을 잡고 기록하니, 세상 사람의 수명과 부유함, 가난함, 귀함, 천함을 정하고 있었어요. 각각 생년, 생월, 생일, 생시, 사주를 보고, 길흉을 의논하며 화복을 의논하더이다. 이것을 팔자라고 하는데 바뀔 수도 있고, 무엇보다 마음이 착한 사람은 편안하답니다."

"내 팔자가 어떤지 궁금해지는구려."

노루가 말했다.

"이렇게 잔치를 베푸시는데 당연히 좋은 팔자지요."

토끼가 촐랑대며 말하자 노루가 껄껄 웃으며 말했다.

"자네 말이 맞네."

"여우님, 그다음은 또 어디를 가셨습니까?"

"남천을 다 본 후에 서천으로 찾아갔더니 바로 극락세계가 나오더군요. 대웅전에 나무아미타불, 나무지장보살, 나무관세음보살 삼불이 차례로 앉아 계시고, 그 아래 연못이 있는데 물 이름은 황해수였어요. 물 한가운데 흰 연꽃이 피어 있고, 물 밖은 황금색 꽃으로 덮였으니 물빛이 맑고 새들이 날아들어 절로 평안해지더군요. 나쁜 마음 갖지 않고 어버이에게 효도하고, 형제간에 우애 있게 지내며, 굶주린 사람 밥 먹이고, 벗은 사람 옷 입히고, 짐승과 사람을 죽이지 않고, 욕심 부리지 않으면 부처 되어 극락세계로 갈 수 있대요. 극락을 다 보고 북쪽을 찾아가니 야차왕의 날쌘 군사가 창검을 들고 좌우에 늘어섰고, 대문에 힘이 센 장수들이 지키고 있어 깜짝 놀라서 나오다가 보니 이곳이 지옥이더이다."

"지옥에 갔다고요?"

두꺼비를 뺀 다른 짐승들이 한목소리로 외쳤다.

"무서워라, 난 꿈에도 보고 싶지 않아요."

토끼가 몸을 벌벌 떨며 무서워했다.

"지옥에서는 무엇을 보았습니까?"

원숭이가 물었다.

"어떤 죄인은 철사로 묶여 있고, 사나운 귀신들이 좌우에서 죄인의 살을 베어 내고, 또 다른 곳을 바라보니, 한 놈은 목을 매었는데 굶주린 매가 사방에서 날아와 그를 뜯어 먹어 뼈만 남았더이다."

"무슨 죄를 지어서 그런 벌을 받은 거예요?"

"도둑질을 했답니다. 어떤 죄인은 칼을 쓰고 철사로 사지가 묶여

간혔는데 세상 사람들이 그 모습을 보면 결코 죄를 짓지 못할 거예요. 지옥 구경을 다 한 후에 깊은 산속으로 갔는데 무성한 풀 사이에 집이 있었어요. 그곳에서 거문고 소리가 들리는 거예요. 마침 다리도 아프고 쉬었다 가려고 들어가니 노인이 차 한 잔과 먹을 것을 주어 배를 채웠지요. 그런데 노인이 이렇게 말하는 거예요.

'부인이 병으로 누워 있소이다. 베 짜다가 얻은 병이 십여 년이 넘었는데 낫지를 않는구려. 백약이 무효하고 곡기를 끊은 지도 오래되었다오. 의원에게 물으니 베틀을 삶아 술에 타 먹이라 해서 그렇게 했으나 조금도 효력이 없소이다. 지금은 죽기만을 바랄 뿐이라오.'

가만히 생각하니 직녀성의 베틀 괴었던 돌이 약이 될 듯하여 내가 노인에게 권했지요.

'내게 좋은 약이 있으니 이 약을 써 보시오.' 하고 그 돌을 갈아 술에 타서 공복에 한 모금씩 먹였더니 즉시 병이 나았답니다.

'당신이 내 아내를 살렸구려. 이 은혜는 절대로 잊지 않겠소이다.'

노인은 이렇게 말하고 품속에서 붉은 구슬을 꺼냈어요.

'이 구슬을 삼키면 몸이 마음대로 변한다오.'

그래서 구슬을 받아 삼켰더니 내 몸이 자유롭게 변하는 거예요. 그래서 이렇게 인간 세상에 내려왔지요."

두꺼비가 이 말을 듣더니 아는 체를 했다.

"그때 나도 남극노인성과 함께 있었어. 바둑을 두다가 술에 취하여 깜빡 잠이 들었다가 밖에서 들리는 소리에 잠을 깬 동자에게 무슨 소리인지 물었지.

'밖에 빛은 누렇고 뾰족하고 도둑개 같이 생긴 것이 왔습니다.'

동자가 그리 답하기에 긴 장대로 쫓으라 하였더니 그때 네가 왔던 모양이었구나. 네가 온 줄 알았더라면 천일주 먹은 똥 덩이나 먹여 보냈을 터인데."

두꺼비의 말을 듣고 모두가 손뼉을 치며 크게 웃었다.

여우는 간사한 말로 천만 가지 이야기를 꾸며 두꺼비를 놀리려다 도리어 된통 당하니 어찌할 줄을 몰랐다. 여우는 간신히 참고 앉았다가 꾀를 내었다.

"내 젊은 시절에 여기저기 구경하고 다니다가 우스운 것을 보았습니다."

두꺼비가 입을 열어 물었다.

"무엇을 보았느냐?"

"술에 취하여 오는 길에 연못가를 지나는데 큰 뱀이 개구리를 물고 있지 않겠습니까? 놀라 물러서니 그 개구리가 크게 소리치며 이렇게 말했습니다.

'여우 할아버님, 불쌍한 손주를 살려 주소서. 우리 삼촌은 두꺼비인데 그놈을 불러 주소서. 그놈은 본시 음흉하고 간사하여 뱀을 무찌르고 나를 살릴 것이니, 부디 불러 주소서.'"

"정말 그런 일이 있었습니까?"

토끼가 동그란 눈을 더 동그랗게 뜨고 여우에게 물었다.

"내가 왜 거짓말을 하겠소? 내가 그 뱀을 베려던 차에 마침 사냥하는 사람들이 와서 그 뱀을 베지 못하고 왔는데 그때 두꺼비 어르신이 개구리와 친척인 줄을 알았습니다."

두꺼비가 한참 웃더니 말했다.

"네 말이 가당치도 않구나. 내가 들으니 옛날 유계(유방, 중국 한나라의 1대 황제)라는 사람이 술에 취하여 못가로 가다가 큰 뱀이 길에 있어 칼을 빼어 그 뱀을 베고 갔더니 늙은 할미가 와서 울며 말했지.

'내 아들은 진나라의 왕인데 적제자(중국 전한의 고조를 달리 부르는 말)에게 죽었소.'

유계는 진나라를 멸망시키고 한나라의 왕이 되었으니, 그 말은 옳은 말이다. 그러나 네 말은 보리밥 먹고 뀌는 헛방귀 소리로다. 나는 친척이 없고, 사촌 동생이 월궁에 있으니 개구리와는 상관이 없다. 네 아무리 간사한 말로 어른인 체하나 쓸데없는 일이야. 네가 거짓말을 하고 있으나 사냥꾼에게 쫓긴 건 사실인 모양이다. 옛날에 맹상군(중국 전국 시대 제나라의 정치인)이 손님을 좋아해서 밥 먹는 손님만 삼천 명이었다. 여우 삼천 마리를 잡아 가죽옷 한 벌을 꾸몄으니 그때 바로 네 증조할아버지뻘 되는 여우들이 다 멸족하였다. 이번 사냥도 아마 맹상군의 사람들이었을 게다. 만일 잡혔다면 너도 맹상군

의 가죽옷이 될 뻔했구나."

여우가 이 말을 듣고 분함을 이기지 못하여 아무 말도 못했다.

하늘과 땅의 이치

"참으로 대단하십니다. 어르신은 모르는 게 없으십니까?"

여우는 분한 마음을 간신히 추스르고 두꺼비에게 물었다.

"어르신이 모르는 것이 없으신데 혹시 천문지리와 육도삼략(六韜
三略, 중국의 오래 된 병서로 육도와 삼략을 아울러 이르는 말)과 의
약 법도(병을 고치는 데 쓰는 약에 대한 지식)를 아십니까?"

여우는 두꺼비가 어떻게 나오나 떠보았다.

'네놈이 끝까지 나를 골탕 먹이려 드는구나.'

두꺼비는 여우의 속셈을 알아차리고 눈을 끔벅이며 대답했다.

"물론이지, 알고말고! 내 이야기 해 줄 터이니 잘 들거라. 하늘과 땅
이 생긴 후에 음양이 생긴 것은 알고 있느냐?"

두꺼비가 여우를 향해 물었다. 여우가 아무 말도 못하고 쩔쩔매자
두꺼비는 보란 듯이 큰 소리로 이야기를 시작했다.

"하늘은 양이 되고, 땅은 음이 되었다. 음양이 생긴 후에 오행이 생
기게 되었지. 오행은 다섯 가지 기운인데 음양오행의 기운으로 만물

이 생겨났다. 세상 만물 중에 가장 귀한 것이 무엇인지 아느냐? 바로 사람이다. 오행이 계속 변해서 길흉화복도 변하게 되는 것이다. 오행은 금, 목, 수, 화, 토이니라. 길하고 흉하고 화를 부르거나 복을 받는 것이 서로 다른 성질로 다섯 개의 방향을 가지니 그것이 동남서북중앙이라. 오색은 청색, 황색, 적색, 백색, 흑색이니 동쪽은 목이라 푸른 빛이 되고, 남쪽은 화라 붉은 빛이 되고, 서쪽은 금이라 흰 빛이 되고, 북쪽은 수라 검은 빛이 되고, 중앙은 토라 누런빛이 되었다. 봄에는 나무가 자라고, 여름에는 덥고, 가을은 단풍이 들고, 겨울에는 추운 것이 다 오행 때문이다. 너희들이 이 어려운 것을 다 알지는 못할 것이다."

두꺼비의 말처럼 모두 멀뚱멀뚱 모르겠다는 표정만 짓고 있었다. 그러나 여우는 모른다는 것을 인정하기 싫어서 아는 척을 하며 말했다.

"잘 들었습니다. 어르신의 말씀을 들으니 저도 생각이 나는 것 같습니다. 그럼 이번에는 천문법에 대해 이야기해 주시지요."

"어허, 네가 궁금한 게 많은 모양이구나. 무엇이든 궁금한 것은 다 얘기해 주마."

두꺼비는 자신만만해 하며 바로 천문법에 대해 이야기했다.

"천문법은 옛날 태호 복희씨(중국 삼황 중 하나로 중국 고대 전설상의 제왕 또는 신)가 만든 팔괘(八卦)이니라. 제요 도당씨(중국 고대 전설 속의 왕)가 신하들에게 명령하여 일 년 열두 달을 정하시고, 제순 유우씨(고대 중국 전설상의 천자)는 천체의 운행과 위치를 관측하는 기계를 만들었다. 대체로 하늘은 둥글어 알 모양 같고, 하늘은 왼편으로 돌고, 땅은 안정하니 하늘과 땅 사이에 만물이 있다. 별은 하늘에 붙어 있고, 해와 달 금성, 목성, 수성, 화성, 토성도 하늘에 있으니 한 바퀴 돌면 360도요, 해는 하루 1도씩 더 가고 달은 하루에 1도씩 덜 간다. 그러다가 해와 달이 만나면 일식과 월식이 생긴다. 다섯 개의 별 중에 금성, 수성은 해와 같은 방향으로 돌고, 목성은 12시에 한 바퀴를 돌고, 토성과 화성은 도수 없이 돈다.

양기가 과하면 가물고, 음기가 과하면 장마가 진다. 음과 양이 서로 부딪치면 우레가 되고, 금기가 서로 합하면 번개가 되고, 햇볕이 많으면 무지개가 된다. 음기가 모이면 우박이 되고, 하늘의 기운이 모이면 구름이 되고, 땅의 기운이 모이면 안개가 된다. 밤기운이 모이면 이슬이 되고, 찬 기운이 많으면 이슬이 얼어 서리가 되고, 비는 눈이 되고 눈은 얼음이 되느니라.”

모두들 두꺼비의 해박한 지식에 놀라며 집중해서 들었다.

“땅이 생긴 후에 높은 것이 산이 되고, 깊은 것은 물이 되었다. 물은 움직이는 것이라 양이 되고, 산은 그 자리에 있어 음이 된다. 산속에서 흐르는 물이 냇물이 되고, 냇물이 모여 강물이 되고, 강물이 모여 바다가 되느니라.

세상 이치가 음양의 조화를 이뤄야 한다. 나라의 수도와 사람의 집터를 예를 들면 부자가 되고 자손이 잘되려면 앞이 막힌 곳 없이 트이고 뒤에 산이 있으면 좋다. 집 근처에 물이 흐르면 더욱 좋다.”

“어르신, 그런데 지금 말씀하신 것은 다 사람에게 해당되는 것 아닙니까?”

“옳은 말이다. 우리 같은 짐승들은 기어 다니는데 사람은 머리는 하늘을 이고, 발은 땅을 디디니 천지간 만물 중에 가장 뛰어나다. 그러니 오륜(五倫)을 모르면 짐승과 무엇이 다르겠느냐? 오륜이란 부자유친(父子有親), 군신유의(君臣有義), 부부유별(夫婦有別), 장유유서(長幼有序), 붕우유신(朋友有信)을 말한다. 그중에서 부모를 섬기는 것이 모든 행동의 근원이 되느니라. 순임금은 역산에 밭을 갈아 부모를 기쁘게 하였고, 맹호연은 한겨울에 어머니께 죽순을 구해 드렸고, 왕상(중국 진나라의 효자)은 얼음 속에서 잉어를 잡아 아버지를 보살폈다. 자로(중국의 유학자로 공자의 제자)는 백 리 밖에서 쌀을 짊어져다가 그 어버이를 봉양하였다. 새벽에도 방이 차가운지 더운지를 살피고, 아침저녁으로 정성껏 끼니를 챙기며 온 마음으로 모셨다. 부모님 살아 계실 제 효도해야지, 돌아가시면 무슨 소용이 있겠느냐?”

그러자 갑자기 여우가 토끼 있는 곳을 보며 눈물을 흘리며 말했다.

“나는 부모님 살아 계실 때 집안이 가난하여 아침저녁으로 초식으로만 봉양하고 고기반찬을 못 해 드렸지요. 부모님이 다 돌아가시니 아무리 봉양하고자 한들 방법이 없더이다. 오늘 잔치에 와서 진수성찬을 먹으니 옛날 일이 생각나서 목이 메어 먹을 수가 없습니다.”

여우가 슬퍼서 눈물을 뚝뚝 떨어뜨렸다.

그래도 두꺼비는 신경 쓰지 않고 말을 이었다.

“부부 사이는 백 가지 복의 근원이 되는 것으로 두 사람이 만나 인연을 맺었으니 지아비는 자상하고, 지어미는 인자해야 한다. 온 집안이 화목하면 복을 받고 가문이 번창하게 된다. 장유유서는 어른을 공경하는 것이니 여우와 같은 짐승이 무식하여 어른을 알아보지 못하고, 공경하지 않으니 예의도 모르는 놈이다. 또한 붕우유신은 친구 사이에 믿음이 있어야 한다는 뜻이다.”

“육도삼략도 이야기해 주시지요.”

여우가 끼어들며 말했다.

“육도삼략은 대장부의 활법이다. 황제 헌원씨(중국 고대 전설상의 왕) 때 구천 선녀가 하늘에서 내려와 병법을 가르쳤는데 이것이 팔진도법(八陣圖法)이었다. 헌원씨의 신하가 이것을 배워 장수가 되었느니라. 강태공도 이것을 배워 위수(渭水)에서 낚시질을 하다가 문왕을 만나 장수가 되어 은나라를 멸망시키고, 왕의 첩인 달기를 잡아 죽였다. 달기는 우나라 임금의 딸이니라. 천하일색이었는데 은나라로 시집올 때 날이 어두워져 하룻밤 묵게 되었다. 모두 잠든 밤에 꼬리가 아홉이나 달린 여우가 달기의 방으로 들어가더니 갑자기 달려들어 달기가 죽은 듯이 기절했다. 시종들이 즉시 약을 먹여 깨어나게 했으나 사실 그 사람은 달기가 아니라 구미호였던 것이다. 구미호는 왕의 마음을 홀려 죄 없는 사람을 죽게 하고, 밤이면 해골을 핥아 먹었다. 이런 사실을 아무도 몰랐다. 강태공이 아니라면 구미호를 잡지 못했을 것이다.”

“강태공이 어떻게 달기를 잡았나요?”

토끼가 궁금해 죽겠다는 듯이 재촉했다.

“강태공이 달기를 죽이려고 할 때 그 어여쁜 얼굴을 보면 차마 죽일 수가 없을 듯하여 수건으로 얼굴을 싸고 목을 베었다는구나. 베고 나니 구미호였다.”

여기저기서 감탄사가 흘러나왔다.

두꺼비가 여우를 쳐다보더니 말했다.

“너의 조상은 예전부터 간사하여 꾀로 사람을 무수히 죽이고, 나라를 멸망케 했다. 네가 이 사실을 아느냐, 모르느냐?”

여우는 두꺼비의 꾸지람에 얼굴을 붉히며 아무런 대꾸도 못하였다.

“이 법은 강태공이 죽은 후 황석공(중국 진나라의 병법가)이 장자방(장량, 한나라의 공신)에게 전하고, 그 후에 제갈공명(제갈량, 중국 삼국 시대 촉한의 정치가 겸 전략가)이 또 그 법을 배워서 지금까지 유명하였으나 그 후의 사람은 육도삼략을 아는 이가 없다.”

두꺼비는 계속 말을 이어 나갔다.

"의약 법도에 대해서도 말해 주마. 염제 신농씨가 백초를 맛보아 약을 지었으니, 그 약을 먹으면 평생을 병 없이 오래 살 수 있었다. 약 짓는 법을 화타(華陀, 중국 후한 말의 의사)에게 전하니 이것은 '청낭(靑囊)의 비계(秘計)'로 푸른 주머니 속 비법이라고 하지. 이것을 편작(중국 전국 시대의 명의)이 장상군에게 배워 소리만 듣고도 어떤 병인 줄 알고, 사람의 그림자만 보아도 무슨 병에 걸렸는지 알아맞혔다. 한번은 이런 일도 있었느니라. 황제가 죽은 지 7일이 지나도록 명치에 기운이 있어 편작이 살펴보고 침을 한 대 놓고, 탕약 한 첩을 쓰니 그 즉시 깨어났다.

황제가 깨어나 '내 그사이 하늘에 올라가 옥황상제를 뵈오니 상제께서 큰 잔으로 술을 부어 주며 말씀하기를, 네 자손이 계속 대를 이어 패왕이 되리라 하니 그 소리가 아직도 귀에 쟁쟁하게 들리는 듯하다'고 했다고 한다."

듣지도 보지도 못한 신기한 얘기들이 술술 나오자 모두들 입을 벌린 채 말똥말똥한 눈으로 두꺼비만 쳐다보았다.

두꺼비는 기분이 좋아져 화타의 이야기도 시작했다.

"화타가 청낭의 비계를 가지고 병을 고치는데 속병이 있는 자가 있었다. 맥을 짚어 보니 이미 창자가 썩고 있었다. 그러자 화타가 약을 먹여 잠깐 죽게 한 후 배를 갈라 창자를 꺼내 물에 씻고, 썩은 곳을 베어 짐승의 창자를 이어 넣고 뱃가죽을 꿰맨 후 약을 먹이니 건강해졌다고 한다. 또 이런 일도 있었다. 한나라 승상 조조가 머리가 아파서 화타를 찾아왔는데 화타가 맥을 짚어 보고는 이렇게 말했다.

'이 병은 도끼로 머리를 깨고 골을 꺼내 물에 씻어 담고 맞추면 즉시 나을 것입니다.'

이 말을 들은 조조가 '머리를 깨면 어찌 살 수 있겠느냐? 네가 나를 죽이려 하는 구나.' 하고 죽이려고 옥에 가두었다. 화타가 죽기 전에 옥을 맡은 군사를 불러 청낭의 비계를 주며 '이것은 천하의 기이한 보배이니 잘 전하라.' 하고 말했으나 군사의 부인이 혹시나 이 비계로 화를 당할까 봐 불태웠으니 그 후로 비계를 세상에 전하지 못하고 신통한 비법 또한 사라지게 되었느니라."

"안타깝습니다. 저희에게는 그처럼 훌륭한 의원이 없지 않습니까?"

모여 있는 짐승들이 하소연을 하자 두꺼비가 말했다.

"너희에게 필요한 처방전은 내가 알려 주마. 감기나 홍역에는 승마갈근탕(승마, 감초, 생강 등을 넣고 달여 만든 탕약)이 좋고, 토하고 설사하여 배가 많이 아플 때는 곽향정기산(한의학 처방의 하나)과 당귀산이 좋다. 아이를 낳을 때 손목이 먼저 나오거든 손에 침을 놓으면 도로 들어가 순하게 태어나고, 해산 후에 헛배 앓거든 가물치를 고아서 먹으면 좋다. 또 치통에는 말발굽에 채인 돌을 불에 달여 그물을 먹으면 낫는다. 더위를 먹으면 똥물을 먹이고 만약 낫지 않으면 어린 사내아이의 오줌을 먹으면 낫는다."

"어르신은 정말 대단하십니다."

그러자 두꺼비가 보란 듯이 우쭐거리며 뽐냈다.

"의약은 이만하면 된 것 같구나. 이번에는 점치는 법도 알려 주마. 태호 복희씨가 팔괘를 만들었다. 나중에 문왕이 육십사괘를 만들어 앞으로 일어날 일을 점치게 했지. 점치는 사람 중에 유명한 사람이 엄군평인데, 이 사람이 아주 신통하게 잘 알아맞혔다."

"세상에는 참으로 신기한 것이 많네요."

꼬리로 나무를 감으며 원숭이가 말했다.

"장건(한나라 때의 여행가이자 외교관)이라는 사람이 한무제(한나라 제7대 황제)의 사신으로 서역에 가다가 은하수를 건너 직녀를 찾아갔지. 직녀가 베틀을 괴었던 돌을 주며 엄군평에게 물어보라고 해서 엄군평을 찾아가 돌을 보여 주었더니 '이 돌은 직녀의 베틀 괴었던 돌인데 당신이 어떻게 얻었소?'라고 하더란다."

"우와, 정말 대단한 사람이네요."

"참 놀랍네! 직녀를 만나지도 않고 어떻게 알았을까?"

토끼, 원숭이, 다른 짐승들도 서로 자기가 하고 싶은 말을 하느라 소란스러웠다.

"내 이야기가 재미있느냐?"

두꺼비가 물으니 다들 그렇다고 했다. 그러자 두꺼비도 신이 나서 말했다.

"이번에는 얼굴을 보고 점을 치는 방법을 말해 주마. 얼굴에서 이마가 넓으면 높은 벼슬을 하고, 귀밑이 희면 어린 나이에 과거에 붙고, 인중이 길면 오래 산다. 명치가 두꺼우면 부자가 되고, 눈두덩이 두꺼우면 자식을 많이 낳는다. 눈썹 속에 사마귀가 있으면 귀양 가고, 눈썹 사이에 털이 나면 욕심이 많다. 코끝이 구부러지면 심술궂은 생각을 하고, 귓불에 살이 없으면 가난하다."

두꺼비는 잠시 여우의 얼굴을 살피더니 말했다.

"내 지금 네 얼굴을 보니 인중이 길어 장수하고, 마음씨도 나쁘지 않으나 조금 흠이 있다면 귀가 얇아 부인과 헤어질 상이다. 또 얼굴빛이 붉으니 배가 자주 아프겠구나. 그렇지?"

여우가 웃으며 작게 대답했다.

"제가 어려서부터 흉복통으로 굉장히 고생했습니다. 아직까지 고치지 못하였으니 어르신께서 좋은 약을 알려 주시지요."

두꺼비가 자신 있게 가르쳐 주었다.

"파두 세 개를 먹으면 설사가 날 것이다. 그때 흰죽을 한 그릇 끓여 먹으면 병이 싹 나을 것이다."

"어르신이 알려 주신 대로 하겠습니다. 그런데 어르신은 천지만물 모르는 것이 없으신데 혹시 글도 아십니까?"

여우가 머리를 조아리며 물었다. 그러자 두꺼비가 화를 냈다.

"이런 미련한 여우야, 글을 모르면 내가 어찌 세상의 이치와 음양의 조화를 알겠느냐?"

지혜로운 두꺼비

여우는 두꺼비가 지혜롭다는 건 인정했으나 겉모습은 마음에 들지 않았다.

"어르신, 정말 대단하십니다. 하나 더 여쭈어도 되겠습니까?"

"지금껏 계속 묻지 않았느냐? 괜찮으니 물어보거라."

"어르신의 등은 어찌하여 울퉁불퉁합니까?"

두꺼비가 별것 아니라는 듯이 답했다.

"내 젊었을 때 노는 것을 좋아해서 몸을 돌보지 않고 마구 돌아다니다가 병이 생겨 이렇게 되었구나."

그러고는 계속 말을 이었다.

"눈은 보은 현감으로 있을 때 대추 찰떡과 고욤나무 열매를 많이 먹었더니 열이 나고 눈이 노르스름하게 되었다."

여우가 또 물었다.

"그러면 등이 굽고 목청이 움츠러진 것은 어찌 된 일입니까?"

"평안 감사로 갔을 때 마침 팔월대보름이라 풍악을 울리고 술에 취해 놀다가 술김에 잘못하여 돌계단에서 떨어져 이리 되었다. 등이 굽고 길던 목이 움츠러들었지. 그때 일을 생각하면 후회만 남는다. 그래서 지금은 밀밭 근처에도 가지 않는다. 어쩌겠느냐, 소 잃고 외양간 고치는 격이지."

여우가 또 물었다.

"어르신의 턱 밑이 벌떡벌떡하는 이유는 무엇입니까?"

"너희가 어른을 몰라보고 말을 함부로 하니까 내가 화를 참느라고 그러지 않느냐?"

여우도 더 이상 아무 말도 하지 못했다.

"오늘 이렇게 좋은 말씀 많이 듣고 매우 즐거웠습니다. 손님들도 취하고, 날도 어두우니 이제 그만 잔치를 마무리하면 어떻겠습니까?"

장 선생이 두꺼비에게 물었다.

"그리하시지요."

장 선생이 악공에게 부탁하자 아름다운 음악이 흘렀다. 모인 손님 모두 술 한 잔씩 나눠 마셨다.

두꺼비가 대표로 일어나 말했다.

"이번 장 선생 축하 잔치에 많은 짐승이 참석하여 무척 즐겁게 지내다 갑니다. 다시 한 번 축하드립니다."

두꺼비가 인사하고 먼저 자리를 뜨자 모든 짐승이 장 선생에게 인사하고 돌아갔다.

장 선생은 동구 밖까지 나가서 손님들을 전송하며 말했다.

"안녕히 가십시오. 대접에 부족함이 있었더라도 나무라지 마시고 평안히 돌아가십시오."

두껍전

부록

원전을 기본으로 하나 어려운 한자나 이해하기 힘든 부분은 풀어서 썼습니다. 또한 미루어 짐작할 수 있는 상황은 대화나 인물의 심리 상태를 추가해 고전에 쉽게 접근하도록 했습니다.

들어가기

장면1.

여학생 : (정면으로 바라보며) 너는 잘하는 게 뭐야?

남학생 : (어리둥절한 표정으로) 갑자기 그건 왜 물어?

여학생 : 내가 잘하는 게 무얼까 생각하다가 너는 어떤 걸 잘하는지 궁금해서.

남학생 : (허세를 부리며) 나야 잘하는 게 워낙 많아서 며칠 동안 얘기해야 할 텐데.

여학생 : (이마를 쥐어박으며) 으이구, 허풍쟁이.

장면2.

남학생 : (수첩에 적으며) 수영, 축구, 족구, 야구, 배구, 줄넘기, 노래 부르기……

여학생 : 뭐 하고 있어?

남학생 : 네가 지난번에 물어봤잖아. 그래서 내가 잘하는 게 뭔지

적어 보고 있어.

여학생 : (고개를 끄덕이며) 너 운동을 잘하는구나?

남학생 : 그러게. 생각해 보니 운동이 많은걸. 너도 적어 봐.

여학생 : 그리기, 만들기, 독서, 노래 부르기, 춤추기……

남학생 : (고개를 갸우뚱하며) 너 노래 부르는 거 본 적 없는데, 잘하는 거 맞아?

여학생 : 넌 속고만 살았니? 내가 우리 집 가수왕이야.

남학생 : (환하게 웃으며) 그럼, 우리 오늘 노래방에서 실력 겨루기 어때?

여학생 : (한심하게 바라보며) 너를 보니 나이 자랑하던 〈두껍전〉이 생각난다.

남학생 : 〈두껍전〉? 처음 듣는데.

여학생 : 내가 삼행시로 알려 줄 테니 잘 들어 봐.

　　두 : 〈두껍전〉은 이본이 14편이나 되는 우화 소설이야.

　　껍 : 껍데기 속에 가려진 두꺼비의 지혜로움을 알아채지 못하고 자리다툼에서 여우가 지는 이야기지.

　　전 : 전혀 예상치 못한 두꺼비의 해박한 지식에 모두 놀랐어. 물론 나도.

고미담
고전은 미래를 담은 그릇

고전 소설 속으로

〈두껍전〉은 중국을 배경으로 한 작품이다. 동물들을 의인화한 설화 형식으로 노루가 초대한 잔치에 모인 동물들이 윗자리를 차지하고자 자리다툼을 하는 이야기다. 〈노섬상좌기〉, 〈녹처사연회〉, 〈섬동지전〉, 〈장선생전〉 등 다양한 제목으로 전하고 있으며, 두꺼비가 주인공인 소설이 많은 것으로 보아 오랫동안 읽힌 작품임을 알 수 있다.

미리미리 알아 두면 좋은 상식들

1. 근원 설화란?

문학 작품의 기본 바탕이 되는 설화를 말한다. 부분 또는 전체의 모티프가 되는 설화를 말하며 고전 소설이나 판소리를 형성하는 바탕이 된다. 몇 가지로 나누어 볼 수 있는데, 민간에서 떠돌던 이야기를 중심으로 한 민간 근원 설화, 불경에 실려 있는 이야기로 만들어진 불경계 설화가 있다. 〈두껍전〉도 불경계 설화이다. 그리고 다른 나라에서 들어온 설화도 영향을 끼쳤다.

2. 쟁년 설화란?

쟁년 설화란 나이를 다툰다는 뜻으로, 〈두껍전〉의 근원 설화라고 할 수 있다.

등장하는 동물과 내용이 조금씩 다르기는 하나 지식과 지혜가 많은 동물이 이기게 되는 내용은 비슷하다. 〈두껍전〉, 〈노섬상좌기〉, 〈녹처사연회〉 등의 작품은 박지원의 〈민옹전〉에 나오는 쟁년 설화가 소설로 발전된 것으로 볼 수 있다.

3. 다양한 〈두껍전〉

• 쟁좌형 〈두껍전〉 : 〈섬동지전〉, 〈옥섬전〉, 〈녹처사연회〉, 〈노섬상좌기〉, 〈장선생전〉 등의 많은 이본이 있고 윗자리에 앉기 위해 자리 다툼을 하는 이야기다. 장 선생 노루가 축하 잔치를 벌이자 윗자리에 가장 나이가 많은 동물이 앉기로 하고, 서로 자기의 학문과 지혜를 겨루는 내용이다. 여우와 두꺼비가 중심이 되어 나이 자랑을 하는데 여우는 자신이 다녀온 곳이 많다고 자랑하지만 두꺼비는 근본 출처를 모르는 수박 겉 핥기에 불과하다고 면박을 준다. 여우는 하늘 세계에 다녀온 자랑을 했으나 두꺼비는 자신이 먼 옛날부터 그곳에 있었다며 여우를 놀린다. 두꺼비가 음양오행, 오륜, 천문, 의학, 관상 등에 대한 해박한 지식을 펼치자 어른으로 인정받게 되는 이야기다.

• 선관형 〈두껍전〉: 적강선관(謫降仙官, 신선이 인간 세계에 내려오거나 태어남)이 두꺼비의 탈을 쓰고 내려왔다가 하늘로 올라가는 이야기다. 양옹 부부가 자식 없이 지내다가 어느 날 낚시질을 하다 두꺼비를 발견하고 집으로 데려와서 수양아들을 삼았다. 이 판서댁 막내딸에게 청혼을 하고 거절당했으나 억지로 그곳에 도착해 신방에 들었는데 신부가 자결하려 했다. 두꺼비가 자기 배를 가르라고 칼을 주어 배를 가르니 두꺼비의 탈을 벗고 멋진 대장부의 모습으로 변했다. 이런 사실을 모르는 사람들에게 비웃음을 당하다가 회갑에 탈을 벗고 아내와 하늘로 올라가는 이야기다.

• 일월형 〈두껍전〉: 해와 달의 사랑을 노래한 오섬가(烏蟾歌)는 중국의 역사와 우리나라의 애정 소설에서 소재를 택하여 엮은 이야기다. 신재효의 판소리 사설로, 까마귀와 두꺼비가 보고 들은 사랑과 슬픔에 관한 이야기다.

4. 〈두껍전〉 속 옛 인물들

• 서왕모 : 중국 신화에 나오는 여신으로 인간과 비슷하지만 표범 꼬리와 호랑이 이빨을 가지고 있으며 휘파람을 잘 분다고 한다. 서왕모는 신선의 우두머리 역할을 맡고 있는 신성한 존재였다. 서왕모는 불사약을 가지고 있었는데 이를 '반도'(삼천 년에 한 번 열리는 신기

한 복숭아)라고도 한다. 중국 신화에서 영웅으로 등장하는 예(羿)가 서왕모에게서 불사약을 받아 왔는데 아내 항아가 그 약을 먹고 달로 달아났다는 전설이 있다.

• 삼천갑자 동방삭 : 동방삭이 삼천갑자, 즉 18만 년을 살았다고 하여 장수하는 사람을 비유하는 말이다. 동방삭은 재치 있는 말솜씨와 뛰어난 언변으로 한무제의 총애를 받았다. 서왕모의 복숭아를 훔쳐 먹고 장수하였다고 전해지나 실제로는 62년을 살았다.

• 마고할미 : 한국과 중국 신화에 나오는 여신이다. 이름은 같으나 두 나라의 신화는 다르다. 우리나라에서는 세상을 창조한 창세신으로 불린다. 하늘도 땅도 없는 세상에서 코를 골며 잠을 자다 하늘을 내려앉게 만들고, 하늘을 밀어 해와 달이 생기게 하고, 땅을 긁어서 산과 강을 만들었다고 한다.

담고 싶은 이야기

〈두껍전〉에서는 두꺼비와 여우가 서로 나이가 많다고 우기다가 결국 두꺼비가 이기게 된다. 여우는 두꺼비의 겉모습이 볼품없다고 얕잡아 보고 자기 자랑만 한다. 두꺼비는 여우의 이야기를 들으며 자기에게 유리하게 조금씩 바꿔서 어른으로 인정받으며 마침내 싸움의

승자가 된다. 교만하지 말고, 만물을 겉모습으로 판단하지 말라는 교훈이 담겨 있다.

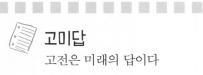

고미답
고전은 미래의 답이다

고민해 볼까?

어느 시대에나 권력을 유지하고 싶어 하는 사람들이 있다. 다른 사람들보다 더 나은 자리에 오르고, 더 많이 갖고, 더 유명해지기를 바라는 것은 어쩌면 당연한 일인지도 모른다.

우화 소설은 동물이나 식물을 등장시켜 인간 세상의 모습을 보여 준다. 〈두껍전〉에 등장하는 동물들을 살펴보면, 여우와 두꺼비는 가장 영리한 자에 속하고 토끼와 노루 등 잔치에 초대된 손님들은 무엇이 옳고 그른지 알지 못하고 움직이는 군중과도 같다. 〈두껍전〉은 제대로 알지 못하고 상대방을 얕잡아 보다가는 도리어 당할 수도 있으니 자만하지 말라는 교훈을 준다. 그렇다고 여우와 두꺼비의 이야기가 진실은 아니다. 그 상황을 모면하고 다른 짐승들보다 높은 자리에 오르기 위한 속임수일 뿐이다.

인간 사회에서도 이런 모습을 종종 볼 수 있다. 진실이라고 믿었던 일이 알고 보니 거짓인 경우가 많기 때문이다. 임기응변으로 위기 상황을 모면하는 것도 중요하지만 정작 중요한 진실이 무엇인지 잊지 말아야 한다.

미처 생각하지 못한 질문

1. 나이가 많은 사람은 지혜로울까?
2. 나의 자랑거리는 무엇인가?
3. 허위 사실, 혹은 진짜처럼 포장된 거짓을 구별하려면 어떻게 해야 할까?

답을 찾아 한 걸음씩 나아가기

'찬물도 위아래가 있다'라는 속담은 찬물을 마시는 데도 순서가 있다는 뜻으로, 웃어른을 공경해야 한다는 의미를 담고 있다. 동방예의지국으로 불리던 우리나라에 진정한 예의와 어른에 대한 존경심은 얼마나 남아 있을까? 또한 진정한 어른의 의미가 무엇인지도 생각해보자.

진정한 어른의 의미는 무엇일까?

1. 어른답다는 것은 어떤 의미일까?

2. 내가 생각하는 어른은 어떤 사람인가?

3. 진정한 어른의 의미를 생각해 보고, 주위에서 찾아보자.

장끼전

배고픈 장끼 가족

하늘과 땅이 열린 후에 만물이 번성하니 그중에 귀한 것은 사람이고, 천한 것은 짐승이었다. 날짐승의 수가 삼백이고 길짐승도 삼백인데, 그중 꿩은 다섯 가지 털색이 아름다워 화충(華蟲)이라 불렸다.

꿩은 사람을 멀리하여 빽빽하게 우거진 숲에 가지가 늘어진 소나무를 정자 삼아, 위아래로 평평한 밭과 들에 떨어진 곡식을 주워 먹으며 살았다. 이렇게 살아가나, 주인 없는 몸이라 포수와 사냥개에게 걸핏하면 잡혀갔다.

"꿩이다, 꿩 잡아라!"

"고기 중에 꿩고기가 최고지."

꿩고기는 맛이 좋아 벼슬이 높은 양반들과 부잣집 늙은이들이 많이 먹고, 깃털은 화살대 장식으로 쓰거나 물건을 파는 가게의 먼지떨이 등으로 두루 쓰여 탐내는 사람이 많았다.

사정이 이러하니, 꿩은 마음 편하게 살기 힘들어 평생을 숨어서 생활했다. 어쩌다 좋은 경치 보려고 백운산 상상봉에 올라가니 여기도 위험하기는 마찬가지다.

몸 가벼운 보라매가 여기서 떨렁, 저기서 떨렁, 몰이꾼은 여기서 위여, 저기서 위여, 냄새 잘 맡는 사냥개는 이리 컹컹, 저리 컹컹, 떡갈

나무 잎을 뒤적이며 꿩을 찾아다니니 살아갈 길이 없다.

샛길로 가려고 해도 포수들이 총을 메고 둘러서서 호시탐탐 노리니 꿩은 눈 내리는 추운 겨울에 갈 곳이 없었다.

숲속에 장끼네 가족이 살고 있었다.

"배고파요, 아빠."

"배가 고파서 죽을 것 같아요."

"아버지, 먹이 구하러 가요."

아들, 딸이 여기저기서 아우성이었다.

굶주린 장끼는 혹시 넓은 들판에 콩이라도 있는지 주우러 가기로 했다.

"이러다가는 굶어 죽기 딱 좋겠군. 혹시 모르니 들판에라도 가 봐야지."

장끼는 나갈 채비를 서둘렀다. 붉은색 저고리에 초록색 깃을 달고 흰색 동정 달고, 옥으로 만든 관자를 다니 그 모습이 멋지고 남자다웠다.

"당신도 나갈 채비하구려."

장끼의 말에 까투리도 치장을 했다. 까투리는 솜을 얇게 대어 촘촘히 바느질한 저고리와 치마를 잘 갖춰 입었다. 화려하게 차려입은 장끼와 수수하게 차려입은 까투리는 아홉 아들, 열두 딸을 앞세워 들판으로 향했다.

"어서 가자, 빨리 가자."

장끼는 서두르며 앞장을 섰다.

"자, 넓은 들에 줄줄이 퍼져서 먹이를 찾아보자. 너희들은 저쪽 고랑에서 줍고, 우리는 이쪽 고랑에서 찾아봅시다. 콩과 팥을 한 알씩 주워 주린 배를 채울 수 있으면 부러울 게 무엇이 있겠소."

장끼 가족은 여기저기 흩어져서 먹을 것을 찾았다. 눈을 크게 뜨고 찾아봐도 눈 덮인 들에서 먹을 것을 찾는 게 쉽지는 않았다.

"어허, 먹을 것이 하나도 보이질 않는구려."

장끼가 답답해하며 말했다.

"그러게요. 이러단 딱 굶어 죽겠네요."

까투리도 걱정이 되었다.

허나 이 세상 모든 것들이 저마다 복이 있다고 했으니 배불리 먹는 것도 자기 복이라 장끼가 이리저리 먹을 것을 찾아 헤매다가 드디어 붉은 콩 하나를 발견했다.

"여보, 저기 보시오."

장끼가 까투리에게 소리쳤다.

"콩이오, 콩."

장끼는 들 한가운데 놓인 콩을 발견하고는 기분이 좋아져서 재빨리 다가갔다.

"어허, 그 콩 먹음직스럽다."

장끼는 콩 하나를 발견하고 세상을 다 얻은 기분이 들었다.

"하늘이 주신 복을 내 어찌 마다하리. 내 복이니 먹어 보자."

장끼가 기뻐하며 콩을 먹으려고 했다. 그때였다.

"여보, 잠깐만요."

까투리가 급히 소리쳐 장끼를 불렀다.

"여보, 아직 그 콩 먹지 마세요."

까투리가 콩을 먹으려는 장끼를 말렸다.

"부인, 왜 그러시오?"

"눈 위에 사람 흔적이 있는 게 수상해요."

"수상하다니, 그게 무슨 말이오?"

"보세요. 자세히 살펴보니 입으로 후후 불고 비로 싹싹 쓴 자취가 분명해요. 여보, 제발 그 콩 먹지 마세요."

"당신 정말 미련하구려."

까투리의 말을 들은 장끼가 코웃음을 치며 말했다.

"지금처럼 동지섣달 매서운 추위에 그게 무슨 소리요? 첩첩이 쌓인 눈이 곳곳에 덮여서 이 산 저 산에 나는 새도 없잖소. 모든 길이 막혔 거늘 이런 곳에 어찌 사람 자취가 있단 말이오?"

"그렇긴 한데 어젯밤에 꾼 꿈이 불길하니 신중히 생각하세요."

까투리가 조심스럽게 다시 말했다.

까투리의 꿈 이야기

"당신도 어제 꿈을 꾸었소?"

장끼가 신기하다는 듯이 까투리를 보며 말했다.

"나도 꿈을 꾸었소. 내 꿈 한번 들어 보겠소?"

장끼가 먼저 꿈 이야기를 시작했다.

"내가 어젯밤에 꿈을 꾸었는데 황학을 타고 하늘에 올라가 옥황상제를 만났소. 옥황상제께 안부를 여쭈었더니, 내게 관직이나 속세를 떠나 산속에서 글 읽으며 지내는 산림처사라는 벼슬을 내리지 않겠소? 그리고 콩 한 섬을 상으로 받았는데 지금 보니 오늘 이 콩이 그 콩인가 보오. 이 얼마나 반가운 일이오? 옛글에 이르기를, 굶주린 자 달게 먹고, 목마른 자 급히 마신다 하였으니 주린 배를 채워 볼까나."

장끼는 콩을 먹으려고 조심조심 다가갔다.

"여보, 잠깐만요."

까투리가 장끼를 말리며 말했다.

"당신 꿈은 그러하나 내 꿈 해몽하면 다 흉몽이에요. 들어 보세요."

"이경(二更, 밤 아홉 시에서 열한 시 사이)에 첫 잠들어 꿈을 꾸었어요. 북망산(중국 하남성 낙양 북쪽에 있는 무덤이 많은 산으로, 사람이 죽어서 묻히는 곳을 뜻함) 음지쪽에 궂은 비 흩뿌리며, 푸른 하늘에 쌍무지개가 떴어요. 그런데 쌍무지개가 갑자기 칼이 되더니 당신 머리를 뎅겅 베어 버리는 거예요. 꿈속에서 깜짝 놀랐어요. 이건 당신이 죽을 나쁜 꿈이에요. 그러니 제발 그 콩 먹지 마세요."

장끼는 까투리의 꿈 이야기를 듣고는 넌지시 말했다.

"어허, 그 꿈 염려 마시오. 그 꿈은 좋은 꿈이오."

"당신 목이 베이는 꿈이 좋은 꿈이라니요?"

"그 꿈은 내가 과거에 장원 급제하여 어사화 두 가지를 머리 위에 꽂고, 큰 길 당당하게 걸어 다니는 꿈이오. 이참에 공부해서 과거에 나 힘써 볼까."

장끼는 대수롭지 않게 대구했다.

까투리가 또 말했다.

"삼경(三更, 밤 열한 시에서 새벽 한 시 사이)에 꿈을 꾸니 천근들이 무쇠솥을 당신이 덮어쓰고, 끝이 보이지 않는 넓은 바다에 아주 퐁당 빠졌어요. 나 혼자 그 물가에서 큰 소리로 울었다니까요. 당신이 죽을 불길한 꿈이에요. 부디 그 콩 먹지 마세요."

장끼가 이 말을 듣더니 날개를 푸드덕거렸다.

"그 꿈은 더욱 좋구려. 무쇠솥은 장군들이 쓰는 투구 아니겠소? 명나라가 다시 번성하여 일어설 때 구원병을 청하거든 이내 몸이 대장 되어 머리 위에 투구 쓰고 압록강 건너가서 중원을 평정하고 승전 대장 될 꿈이로다."

까투리는 또 꿈 이야기를 했다.

"그건 그렇다 치고 사경(四更, 새벽 한 시에서 세 시 사이)에 꿈을 꾸었어요. 노인이 대청마루 위에 앉아 있고 소년이 잔치를 하고 있었지요. 그런데 순식간에 스물두 폭 넓은 장막을 받치던 긴 장대가 우지끈 뚝딱 부러지는 거예요. 그러더니 우리 둘의 머리를 흠뻑 덮어 앞이 안 보이지 뭐예요. 이건 분명 답답한 일이 생길 꿈이에요."

까투리는 천천히 꿈 이야기를 이어 갔다.

"그리고 오경(五更, 새벽 세 시에서 다섯 시 사이)에 또 꿈을 꾸었어요. 가지가 길게 늘어진 큰 소나무가 뜰에 가득하고, 삼태성(三台星, 큰곰자리에 있는 자미성을 지키는 별), 태을성(太乙星, 북쪽 하늘에 있으며 병란과 생사를 다스리는 별)이 은하수를 둘렀는데 그중에 별 하나가 당신 앞에 뚝 떨어졌어요. 마치 당신을 지켜 주던 별이 떨어진 것처럼 말이에요. 삼국 시대 때 제갈공명이 오장원에서 운명할 때도 하늘에서 큰 별이 떨어졌다고 하잖아요."

장끼가 자신 있는 목소리로 답했다.

"그 꿈 염려 마시오. 장막이 머리를 덮은 것은 해가 저물어 밤이 되면 화초 병풍 치고, 잔디 장판에 나무 밑동을 베개 삼고, 칡잎으로 요를 깔고, 갈잎으로 이불 삼아 당신과 내가 이리 뒹굴 저리 뒹굴 하며 편히 잠을 자는 꿈이오."

"그럼, 별이 떨어진 것은요?"

"별이 떨어진 것은 아무래도 태몽 같소. 옛날 헌원씨 대부인이 북두칠성의 정기를 받아 훌륭한 아들을 낳았고, 견우직녀성은 칠월 칠석에 서로 만나잖소. 아마도 당신 몸에 태기가 있어 귀한 아들을 낳을 꿈 같소, 그런 꿈만 많이 꾸시오."

까투리는 지지 않으려는 듯 또 꿈 이야기를 했다.

"이른 새벽에 또 꿈을 꾸었어요. 제가 고운 빛깔의 저고리와 치마로 단장하고 푸른 산 맑은 물가에서 놀고 있었어요. 그때 난데없이 청삽사리가 입술을 악물고 와락 달려들어 발톱으로 할퀴려고 하지 않겠어요? 너무 놀라고 두려워 얼굴빛이 변한 채 삼밭으로 도망을 쳤어요. 삼베옷을 만드는 삼을 아시죠? 가는 삼대는 쓰러지고 굵은 삼대가 춤을 추며, 잘록한 제 허리와 가는 몸에 휘휘친친 감겼어요. 이건 제가 과부 되어 상복 입을 꿈이오니 제발 그 콩 먹지 마세요."

까투리의 얘기를 들은 장끼는 크게 화를 내며 두 발로 이리 차고 저리 차는 시늉을 했다.

"네 이년, 네가 그 아름다운 외모로 나를 버리고 다른 남자랑 즐기다가 밧줄과 붉고 누런 실에 어깻죽지 묶여 이 거리 저 거리로 끌려다니며 망신당하고 방망이로 매 맞을 꿈이로다. 그런 꿈일랑 다시 꾸지 마라, 앞정강이 꺾어 놓을 테니."

까투리는 장끼 행동을 보니 어이없어 한숨이 나왔다. 그래도 걱정이 되어서 말했다.

"기러기가 겨울을 날 때 어찌하나 잘 생각해 보세요. 남쪽으로 날아갈 때는 북쪽에서 잘 먹지 못해 하늘 높이 날 수 있으나, 남쪽에서 다시 북쪽으로 올 때는 어떻지요? 남쪽에서 잘 먹어 살이 쪄서 높이 날지 못해요. 이때 어부들이 기러기를 잡으려고 그물을 치고 기다린답니다. 그러면 기러기들이 갈대를 가로로 물고 북쪽으로 날아간다고 해요. 기러기가 북쪽으로 날아갈 때 갈대를 물고 가는 것은 장부의 조심이요, 봉황이 천 길을 떠오르되 배가 고파도 좁쌀은 주워 먹지 않는 것은 군자의 염치라고 했습니다. 당신이 하찮은 짐승이라 할지라도 군자의 본을 받아 염치를 아는 분이지 않습니까?”

까투리는 몹시 불안한 마음에 간곡하게 부탁했다.

“중국 은나라의 충신 백이와 숙제는 주나라의 음식을 먹지 않았고, 중국 한나라의 장자방(중국 한나라 유방의 공신, 장량의 성과 호를 함께 이르는 말)은 병을 핑계로 곡식을 먹지 않고, 솔잎이나 대추, 밤 등을 조금씩 먹고 살았어요. 당신도 이들의 본을 받아 조심하세요. 부디 그 콩 먹지 마세요.”

까투리가 걱정되어 말을 해도 장끼는 여전히 무시했다.

“당신 말이 무식하구려. 예절을 모르는데 내가 어찌 염치를 알겠소? 안자(안회, 공자가 가장 아꼈던 제자)는 검소하게 살았으나 삼십밖에 못 살았고, 백이와 숙제도 고사리만 먹다가 수양산에서 굶어 죽고, 장자방은 꾀병을 부리며 아픈 척하다 신선을 따라갔으니, 염치도 부질없고 먹는 것이 제일이오. 후한을 세운 광무제를 아시오? 광무제는 보리밥을 맛있게 먹고 중국을 다시 일으켜 천자가 되었고, 빨래하는 나이 든 여자의 식은 밥을 한신(중국 한나라의 무장)이 맛있게 먹고 한나라의 대장이 되었으니, 나도 이 콩 먹고 크게 될 줄 누가 알겠소?"

까투리가 답했다.

"그 콩 먹고 잘된다는 말은 제가 먼저 하지요. 결국 무덤의 잔디를 지키는 황천 가는 사신이 되어 영영 이별하게 될 테니 제 원망은 부디 마세요. 옛 책을 보면 고집 부려서 패가망신한 사람이 얼마나 많은지 아세요?"

까투리는 콩에 눈이 멀어 자기 말을 듣지 않는 장끼가 답답하고 안타까웠다.

"중국의 진시황은 맏아들 부소의 말을 듣지 않고 고집을 부려 나라를 잃었어요. 초패왕(중국 초나라 항우를 높여 부르는 말)은 범증(항우의 책사)의 말을 듣지 않다가 팔천 제자 다 죽이고 고향으로 돌아갈 면목이 없어 스스로 목숨을 끊었고, 굴삼려(멱라수에 스스로 몸을 던진 초나라의 충신)의 옳은 말도 고집부리고 듣지 않다가 진무관에 갇혀 불쌍한 넋이 되었어요. 만약 그 사람이 죽은 후에 굴삼려를 다시 만난다면 진심으로 한 말을 듣지 않은 것이 얼마나 부끄럽겠어요? 당신도 계속 고집을 부린다면 그 고집이 당신 몸과 목숨을 망가뜨릴 거예요."

그 말을 들은 장끼가 고개를 가로저었다.

"콩 먹는다고 다 죽겠소? 옛 책을 보면 콩 태(太) 자 든 사람마다 오래 살고 귀하게 되었소. 들어 보겠소?"

장끼는 잘난 척하며 이야기했다.

"태곳적 천황씨(중국 고대 전설상의 제왕으로 열두 형제가 각각 만 팔천 년씩 임금을 하였다고 함)는 만팔천 년을 살았고, 태호 복희씨 는 15대를 잘 살았으며, 한 태조와 당태종은 어지러운 세상을 바로 세워 나라를 세운 임금이 되었으니, 오곡 백곡 잡곡 중에 콩 태 자가 제일이오. 팔십 년을 가난하게 살던 강태공은 팔십 년을 더 호화롭게 살았고, 이태백은 죽어서 고래를 타고 하늘에 올랐고, 북방의 태을 성은 별 중에 으뜸이라. 나도 이 콩 맛있게 먹고 태공같이 오래 살고, 태백같이 상천하여 태을 선관이 되어야겠소."

"여보, 당신이 잘못 알고 있어요."

"어허! 그만하시오."

장끼가 화를 냈다.

"콩 한 알 먹겠다는데 왜 이리 야단이오?"

까투리가 아무리 말려도 장끼는 말을 듣지 않았다.

장끼의 죽음

"아이고, 어찌 당신 고집만 부리십니까?"

까투리가 체념하고 한 발 물러서자 장끼는 신이 나서 콩을 먹으러

다가섰다.

콩 먹으러 들어갈 때 장끼의 모습이란, 열두 장목 펼쳐 들고 꾸벅꾸벅 고개 조아 조츰조츰 들어가서 반달 같은 혀뿌리로 들입다 콩을 꽉 찍으니, 아뿔싸! 걸렸구나. 두 개의 틀에 끼어 머리 위에서 나는 소리가 마치 박랑사(진나라 무양성의 남쪽에 있는 고적) 중에 진시황을 겨냥하여 습격하다가 잘못하여 버금 수레 맞춘 철퇴 소리처럼 와지끈 뚝딱 푸드득푸드득, 어쩔 수 없이 잡히고 말았구나!

이것을 본 까투리는 기가 막히고 앞이 깜깜했다.

"아이고, 이리 당할 줄 몰랐습니까?"

까투리는 위아래 넓은 자갈밭에 머리 풀어 놓고 정신이 없다.

"남자라고 여자의 말 잘 들어도 집안이 망하고, 말 안 들어도 망신이네."

까투리는 뒹굴뒹굴 구르면서 가슴 치고 일어나 앉아 잔디 풀을 쥐어뜯으며 애통해했다.

"아이고, 어쩔거나. 우리 낭군 어쩔거나."

두 발로 땅땅 구르면서 성을 무너뜨릴 듯이 큰 소리로 통곡했다.

"아이고, 불쌍하다. 우리 낭군 불쌍하다."

까투리가 슬퍼하는 모습이 무척 안쓰러웠다.

"아버지!"

장끼가 덫에 걸린 것을 알고 아홉 아들 열두 딸이 한달음에 달려왔다.

"아이고, 불쌍해라. 우리 아버지 죽게 됐네."

장끼 잃은 꿩 가족의 울음소리가 참으로 처량했다.

"애통하다, 어찌할꼬."

"처와 저 많은 자식들은 어쩌라고."

친구들도 이 소식을 듣고 불쌍히 여기며 조문 와서 슬퍼했다.

추운 겨울 사람 없는 쓸쓸한 산, 나뭇잎 떨어진 빈 하늘에 울음소리만 가득했다. 까투리가 슬퍼하며 말했다.

"달 밝은 밤, 사람 없는 산속에 두견새가 우는 소리를 들으니 슬픈 생각이 들어 더욱 서럽구나. 〈자치통감〉(고대에서 당나라 말까지를 기록한 역사서로, 제왕학의 책이라고도 함)에 이르기를, '양약고구 충언역이'라. 좋은 약은 입에 쓰지만 병에는 이롭고, 옳은 말은 귀에 거슬리나 행동에는 이롭다는 뜻이지요. 당신도 내 말 들었으면 이런 봉변 당하지 않았을 텐데, 답답하고 불쌍합니다. 우리 부부 좋은 금실 이제 누구에게 말하란 말입니까? 슬퍼서 통곡하니 눈물은 연못이 되고, 한숨은 폭우 되고, 가슴에 불이 붙어 까맣게 타들어 갑니다. 나는 평생 어이하란 말입니까?"

장끼는 덫 밑에 엎드려서 까투리에게 소리친다.

"에라, 이년 요란하다. 뒷날에 생길 걱정을 미리 알면 산에 갈 사람이 누가 있겠느냐? 항상 미련한 행동이 먼저 오고 지혜는 뒤에 오니 죽은 놈이 탈 없이 죽겠느냐? 사람도 죽고 사는 것을 맥으로 안다 하니 나도 죽지는 않는지 어디 맥이나 짚어 보거라."

까투리가 장끼 말을 듣고 맥을 짚고는 말했다.

"비위 맥은 끊어지고, 간 맥은 서늘하고, 태충 맥은 걷어 가고, 명맥은 떨어지네. 에고, 이게 웬일이오. 원수로다, 원수로다. 고집불통이 원수로다."

장끼가 다시 말했다.

"맥은 그러하나 눈동자를 살펴보게. 동자부처 온전한가?"

까투리가 한숨 쉬고 살펴보며 말했다.

"이제는 속절없네. 저쪽 눈에 동자부처 첫 새벽에 떠나가고, 이쪽 눈에 동자부처 지금에 떠나려고 파랑 보에 봇짐 싸고 곰방대 붙여 물고 길목버선 감발하네. 애고애고, 이내 팔자 이다지 기구할까? 남편과 자주 이별하네. 첫째 낭군 얻었더니 보라매가 채 가고, 둘째 낭군 얻었더니 사냥개가 물어 가고, 셋째 낭군 얻었더니 살림도 채 못하고 포수에 맞아 죽고. 이번 낭군 얻어서는 금실도 좋아 아홉 아들 열두 딸을 낳아 놓고 행복하게 살려 했는데 이리 되었구나. 먹고사는 것이 원수로구나. 콩 하나 먹으려다 저 덫에 덜컥 치었으니 속절없이 영영 이별하겠구나. 도화살을 가졌는가, 내 팔자가 험악하다. 불쌍하다 우리 낭군, 나이 많아 죽었는가, 병이 들어 죽었는가, 망신살을 가졌던가, 고집살을 가졌던가, 어찌하면 살려 낸단 말인가. 앞뒤에 서 있는 자녀 누구와 결혼하며, 복중에 든 유복자는 누가 해산을 도와준단 말인가? 구름이 걸쳐 있는 숲에 집 한 채 지어 넓은 뜰에 백년초를 심어 두고, 백년해로 하자더니 이게 무슨 변고인가? 삼 년을 못 채우고 영원히 이별하게 되었으니 백년초가 이별초가 되었구나. 저렇듯이 멋진 모습 언제 다시 만나 볼까. 곱고 부드러운 모래가 펼쳐진 바닷가에 핀 해당화야, 꽃 진다고 한탄하지 마라. 너는 내년 봄이 되면 또다시 피겠지만 우리 낭군은 이제 가면 다시 보기 어려워라. 미망일세, 미망일세, 이 몸이 미망일세."

까투리가 한참을 통곡하니 장끼가 눈을 반쯤 뜨고는 달래 주었다.

"여보, 너무 서러워 마오. 남편의 죽음이 잦은 자네 가문에 장가간 내 실수지. 이 말 저 말 하지 마시오. 죽은 자는 다시 살 수 없으니 나를 굳이 보려거든 내일 아침 일찍 먹고 덫 임자 따라가면 김천 장에 걸리든지, 그렇지 아니하면 감영도나 병영도나 수령도의 관청고에 걸리든지, 봉물 집에 앉혔든지, 사또 밥상 오르든지 그것도 아니라면 혼인집 폐백에 마른 꿩고기 되리로다. 내 얼굴 못 보아 서러워 말고 자네 몸 수절하여 정렬부인 되시오. 불쌍하다, 이내 신세, 울지 마라 울지 마라, 내 까투리 울지 마라. 대장부의 간장 다 녹는다. 당신이 아무리 서러워해도 죽는 나만 불쌍하다."

장끼가 어떻게든 살려고 버둥거리며 기를 썼다. 아래 고패(깃대에 기를 달아 올리는 것처럼 높은 곳에 물건을 올리고 내리기 위해 줄을 걸치는 도르래나 고리) 벋디디고 위 고패 당기면서 버럭버럭 기를 쓰나 두 고패에 끼인 몸은 꿈쩍도 하지 않고 살려고 기를 쓸수록 털만 쏙쏙 다 빠졌다.

이때 덫 임자 탁 첨지는 망보다가 장끼를 발견했다.

"오호라, 걸렸구나."

쥐의 고기로 만든 모자 우그려 쓰고, 지팡이 걷어 짚고 허위허위 달려들어 장끼를 쏙 빼어 들고 기뻐하며 희희낙락 춤을 췄다.

"지화자 좋을시고. 안 남산 푸르고 맑은 물에 물 먹으려 네가 왔더냐. 밖 남산 미리 필 꽃구경을 왔더냐? 먹는 것에 급급해서 죽게 될 줄 모르고서 식욕이 과하기로 콩 하나 먹으려다가 이리 되었구나, 푸른 산과 푸른 물에 놀던 너를 내 손으로 잡았구나. 산신께 치성 드려서 네 일가친척을 다 잡으리라."

탁 첨지는 장끼의 비껴 문 혀를 빼내어 바위 위에 얹어 놓고 두 손 모아 빌었다.

"아까 놓은 저 덫에 까투리도 잡히게 하옵소서. 나무아미타불 관세음보살."

꾸벅꾸벅 절을 하고 탁 첨지는 신이 나서 산을 내려갔다.

장례식과 새로운 삶

까투리는 탁 첨지가 내려가자 곧바로 따라가서 바위 위에 떨어진 털을 주웠다.

"이것으로라도 제사를 지내야겠네."

칡잎으로 정성스럽게 털을 싸고, 댕댕이 덩굴로 매장하고, 원추리로 명정(붉은 바탕에 흰 글씨로 죽은 사람의 관직이나 이름 등을 적은 조기) 써서 애송목에 걸어 놓고 밭머리 무너진 데 산역(시체를 묻거나 옮기거나 하여 뫼를 만듦)하여 하관하고, 산신제와 불신제를 지냈다.

제물을 차릴 적에 가랑잎에 이슬 받아 도토리 잔에 따르고, 속잎대로 수저 삼아 친가유무 형세대로 그럭저럭 차려 놓았다. 초상을 치르려고 의관 좋은 두루미는 초헌관(예전에 나라 제사에 첫 번째 술잔을 올리는 일을 맡아 하는 임시 벼슬)이 되었고, 몸 가벼운 날랜 제비는 손님을 접대하는 일을 맡았고, 말 잘하는 앵무새는 음식을 차렸다. 따오기는 꿇어앉아 축문을 낭독했다.

유세차 모년 모월 남편 잃은 까투리가 늠름하고 빛나던 낭군 장끼에게 아룁니다. 형체는 무덤으로 돌아가고, 죽은 이의 위패를 만들고, 음식 차례 놓고 제사 지내니, 영혼은 이곳을 떠나 새로운 곳에서 편히 쉬소서.

초상을 치른 후에 상을 치울까 말까 고민하고 있을 때, 솔개 한 마리가 하늘 높이 떠올랐다. 솔개가 배가 고파 두리번거리다가 말했다.

"어느 놈이 만상제냐? 내가 한 놈 데려가야겠다."

주루룩 달려들어 두 발로 꿩 새끼 하나를 툭 낚아채어 공중으로 사라졌다.

까투리 상중에 자식까지 잃었으니 그 슬픔을 누가 알까?

솔개가 층암절벽 상상봉에 너울너울 덥석 올라앉아 잡은 꿩을 이리 뒤적 저리 뒤적 살펴보더니 말했다.

"감기로 불편하여 내가 십여 일 굶주려 입맛이 떨어졌는데, 오늘 인간이 제일 좋아하는 꿩고기를 얻었구나."

솔개는 입맛을 다시며 말했다.

"문어, 전복, 해삼찜은 재상(임금을 보좌하며 관원들을 지휘, 감독하는 일을 맡은 벼슬이나 그런 사람)이 제일 좋아하는 것이고, 용궁에서 나는 복숭아는 서왕모가 제일 좋아하는 것이고, 약산주는 중국 진나라 때 난리를 피해 숨은 네 명의 선비가 제일 좋아하는 것이고, 저절로 죽은 강아지와 꽁지 안 난 병아리는 연장군(솔개 자신)이 제일 좋아하는 것이다. 굵으나 작으나 꿩의 새끼 하나 생겼으니 굶주린 김에 먹어 보자."

솔개는 출랑대며 너울너울 춤을 추었다.

"어이쿠!"

아차 하고 돌아보니 잡은 꿩은 바위 아래로 떨어져서 자취 없이 사라졌다.

솔개가 속절없이 물러앉아 탄식하는 말이 가관이었다.

"삼국 명장 관운장도 화용도 좁은 길에 잡은 조조 놓아 주었으니,

이는 대의를 생각함이요, 험악한 연장군(솔개)도 꿩의 새끼 놓아 주었으니 이 또한 선심을 베푸는 것이다. 아마도 내 자손이 번성하여 잘될 것이로다."

태백산 갈까마귀 북쪽 산을 구경하고, 오다가다 길 가는 중에 배가 고파 요기차로 까투리를 조문하고 과일 나눠 먹은 후에 탄식하며 말했다.

"장끼 그 친구, 몸집도 좋고 마음도 좋아 장수할 줄 알았더니 붉은 콩 하나 못 참아서 허망하게 죽었단 말인가? 가련하고 불쌍하다. 우리야 그런 콩 따위는 거들떠보지도 않소이다."

그러고는 은근한 목소리로 다가와 말했다.

"까투리님, 내 말 좀 들어 보시오. 옛말에 이르기를 '장수 나면 용마 나고 문장 나면 명필 난다' 하여 일이 잘 되려면 좋은 기회가 저절로 생긴다고 하였소이다. 그대 남편을 잃고 내 오늘 여기 왔으니 꽃 본 나비가 불을 두려워하며, 물 본 기러기가 늙은 어부를 두려워하겠소? 내 가문 그대가 알 터이니, 물려받은 재산 없어도 우리 힘으로 살림차리고 부부가 되어 한평생 함께 사는 게 어떻겠소?"

까투리가 이 말을 들으니 더욱 서러워서 울며 말했다.

"아무리 미물인들 삼년상도 못 마치고 개가하는 법이 어디 있단 말입니까? 옛말에 구름은 용을 좇고 바람은 범을 좇는다 하며, 계집은 지아비를 따르라 하였으니 내 어찌 당신을 따라가겠습니까?"

그 말을 듣고 까마귀가 크게 화를 냈다.

"네 말이 가소롭구나. 옛말에 이르기를 '유자칠인(有子七人) 하되 막위모심(莫慰母心)이라' 하였으니, 사람도 아들이 일곱이나 되어도 어머니의 마음을 위로하지 못한다 하며, 개가할 때 탄식했다 하는데, 하물며 너 같은 미물이 수절이라니 말도 되지 않는다. 내 살면서 이제껏 까투리 열녀문이 있다는 소리는 들어 본 적이 없다."

이때 부엉이 들어와 조문 후에 까마귀를 돌아보고 화를 냈다.

"몸뚱이도 검거니와 부리도 고약하다. 어른을 보면 벌떡 일어나 인사를 해야지, 어찌 가만히 앉아 있느냐?"

까마귀도 추르륵 화를 내며 맞받아쳤다.

"성질이 못되고 거만한 부엉아, 눈은 우묵하고 귀가 쫑긋하면 어른이냐? 내 몸이 검다고 웃지 마라, 겉모습이 검다고 속까지 검겠느냐? 그리고 나의 부리도 비웃지 마라. 남월(南越)의 왕 구천이도 내 입과 비슷하게 생겼으나 하루 세 끼 잘 챙겨 먹고 왕이 되었다. 옛글도 모르는 무식한 놈이 무슨 어른이냐? 내 저놈을 그냥 못 두겠다. 내일 밥 먹은 후에 날짐승들에게 통지문을 돌려 네 이름을 빼라고 해야겠구나."

둘은 한참을 다투었다. 이리 다툴 적에 푸른 하늘에 외기러기가 구름 사이에 떠돌다가 우연히 내려왔다.

"너희가 무슨 어른이냐?"

외기러기가 몸을 길게 늘이고서 좌우를 크게 꾸짖으며 말했다.

"한나라 소자경이 북해성에 19년을 갇혀 고국 소식 몰라서 궁금해 할 때 한나라 천자께 한 장의 편지를 내 손으로 바쳤다. 이런 일을 보더라도 내가 제일 어른이다. 너희가 무슨 어른이냐?"

이때 앞 연못에 사는 물오리란 놈은 일곱 번이나 부인과 헤어지고 혈육도 없이 외로이 지내다가 후처를 구하러 다녔다.

"오호, 장끼가 죽었단 말이지."

까투리가 남편 잃었다는 소식을 듣고는 청혼도 없이 혼인 잔치하겠다고 야단법석 요란했다. 기러기를 기럭아비 삼고 물수리에게 함을 지게 하고, 쾌활한 황새는 신랑의 뒤를 따르게 했으며, 맵시 있는 호반새는 전갈하인을 삼아서 까투리를 찾아갔다.

호반새가 들어와서 말했다.

"까투리 신부 계신가, 오리 신랑 들어가네."

까투리 울다 어이없어 울음을 멈추고 말했다.

"아무리 과부가 만만한들 궁합도 아니 보고 혼인하려 하시오?"

오리가 대답했다.

"과부와 홀아비가 만나는데 무슨 절차가 필요하겠소? 신부 신랑 둘이 맺어지면 자연스레 궁합이 맞는 거지. 이런저런 말 말고 좋은 날짜나 잡아 봅시다. 내 살펴보니 오늘밤이 제일 좋구려. 혼인은 온갖 복의 근원이니 잔말 말고 지금 하세."

오리의 말에 까투리 웃으며 말했다.

"당신도 남자라고 음흉한 말 제법 하시는군요."

오리도 지지 않고 대꾸했다.

"이내 호강 들어 보소. 영주 봉래 맑고 넓은 물에 신선들이 배를 타고 노는 모습 구경하고, 화려한 집에서 오락가락 평안하게 노닐면서 은빛 나는 크고 맛있는 물고기도 마음껏 먹을 수 있으니 이 세상에 가장 좋은 곳이 물밖에 또 있는가?"

까투리가 느긋하게 말했다.

"물에 사는 것이 아무리 좋다 한들 육지에 사는 것만 하겠어요? 평평하고 넓은 들을 자유롭게 노닐다가 여러 층 험한 바위로 된 낭떠러지, 높은 봉우리에 올라가서 온 천하를 다 구경한답니다. 춘삼월에 황금 같은 꾀꼬리는 버드나무 사이를 날고, 봄바람에 복숭아꽃과 배꽃이 만발한 밤에 두견새 우는 소리 들어 보셨나요? 온갖 생물의 마음을 울리니 그 또한 아름답지요. 팔월 누런 국화 피었을 때 만산에 널린 과일 주워다가 앞뒤로 쌓아 놓으면 그 또한 행복하지요. 또한 치장하기 좋아하는 사람의 좋은 옷과 꿩이 우는 소리 예나 지금이나 견줄 만한 것이 없이 뛰어납니다. 물에 사는 것이 좋다 한들 육지에서 사는 것과 비교할 수 없지요."

오리는 말문이 막혀 묵묵히 앉아 있었다.

그때 곁에 조문 왔던 장끼가 썩 나서며 말했다.

"이내 몸 홀아비로 산 지 3년이 되었으나 마땅한 혼처 없었소. 오늘 그대 과부 되자 내가 조문 와서 만나니 하늘에서 정해 준 짝을 만난 것이오. 이건 하늘의 도우심이라. 우리들이 짝을 지어 아들딸 낳고 시집장가 보내고 부부가 되어 평화롭게 살며 늙어 가는 것이 어떻겠소?”

까투리가 살짝 얼굴을 붉히며 작은 소리로 답했다.

“죽은 낭군 생각하면 개가하기 미안하나, 내 나이 아직 젊은데 어찌 혼자 살겠습니까? 살림하는 재미도 알고, 지금 당신을 보니 혼자 살 마음 전혀 없습니다. 여럿의 홀아비가 여기저기서 청혼하나, 옛말에 이르기를 유유상종(類類相從)이라 하였으니 까투리가 장끼 신랑 따라감이 당연한 일이지요.”

까투리가 장끼의 청혼을 받아들였다.

그러자 장끼란 놈이 꺽꺽 푸드득하더니 금세 혼인이 이루어졌다. 청혼하던 까마귀, 부엉이, 오리가 무안해하며 훨훨 날아갈 때, 그 뒤를 따라 호반새 주루룩, 방울새 딸랑, 앵무, 공작, 기러기, 왜가리, 황새, 뱁새, 다 날아가 버렸다.

까투리는 새 낭군 앞세우고 아홉 아들, 열두 딸을 뒤세우고 눈보라 무릅쓰고 구름이 펼쳐져 있는 숲의 푸른빛이 도는 맑은 시내로 돌아갔다.

이듬해 삼월 봄이 되어 아들 장가보내고, 딸 시집보내고 암수가 쌍을 지어 아름다운 산과 큰 강 돌아다니다가 시월 십오 일에 장끼와 까투리는 큰 물에 들어가 조개가 되었다.

장끼전
부록

원전을 기본으로 하나 어려운 한자와 이해하기 힘든 부분은 풀어서 썼습니다. 또한 미루어 짐작할 수 있는 상황은 대화나 인물의 심리 상태를 추가해 고전에 쉽게 접근하도록 했습니다.

들어가기

장면1.

여학생 : 자기 하고 싶은 대로만 하는 고집불통을 세 글자로 뭐라고 하게?

남학생 : (황당한 얼굴로 쳐다보며) ?

여학생 : (남학생에게 손가락을 갖다 대며) '바로 너'! 한 글자로는 뭐라고 하게?

남학생 : (입을 삐죽 내밀며) 치, 내가 어떻게 아냐?

여학생 : (도망치며) '너'!

남학생 : (뒤따라가며) 너, 잡히면 가만 안 둘 거야!

장면2.

선생님 : (두 아이를 쳐다보며) 너희를 보니 고집부리다 목숨을 잃은 꿩이 생각나는구나.

남학생 : 고집쟁이 꿩이라고요?

여학생 : 넌 그 유명한 〈장끼전〉도 모르니?

선생님 : 〈장끼전〉은 〈웅치전〉, 〈화충전〉, 〈자치가〉라고도 불리는 조선 시대 소설이란다. 장끼와 까투리를 통해서 그 시대 백성들의 모습을 보여 주지. 콩을 먹지 말라는 아내 까투리의 말을 듣지 않고 고집부리던 장끼가 목숨을 잃게 되는 이야기야.

여학생 : 전 그 이야기를 읽으면서 그 시대 남성으로 대표되는 장끼가 어리석고 이기적이라고 생각했어요.

남학생 : (고개를 저으며) 치, 누가 잘난 척 대마왕 아니랄까 봐.

선생님 : 틀린 말은 아니란다.

남학생 : …….

장면3.

남학생 : 선생님, 제가 삼행시로 〈장끼전〉을 소개할게요.

　　　장 : 〈장끼전〉은 처음에는 판소리로 불리다가 나중에 대본만 남게 되었어요.

　　　끼 : 끼니를 걱정하며 힘들게 살던 백성들의 모습을 잘 보여 주고, 남자만 귀하게 여기고 여자를 무시하던 행태나 재혼을 금지하는 등의 잘못된 관습을 비판하고 있어요.

전 : 전해 내려오는 잘못된 관습을 고치길 바라는 마음에
　　서 이 작품을 쓴 것 같아요. 옳지 않은 것은 바꾸어야
　　하니까요.

여학생 : (두 눈을 크게 뜨며) 오호, 대단한걸!

선생님 : 좋아, 그럼 이제 〈장끼전〉 속으로 들어가 볼까?

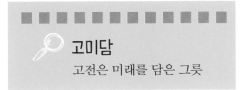

고미담

고전은 미래를 담은 그릇

고전 소설 속으로

〈장끼전〉은 장끼(웅치)와 까투리(자치)를 마치 사람인 것처럼 표현해서 쓴 조선 시대의 작품이다. 〈웅치전〉, 〈화충전〉, 〈자치가〉라고도 한다. 〈장끼전〉은 처음부터 소설은 아니었다. 처음엔 '장끼 타령'으로 불리다가 그 전승이 끊기면서 대본인 가사가 오늘날의 소설로 남게 된 것이다.

미리미리 알아 두면 좋은 상식들

1. 판소리계 소설의 특징은?

〈옹고집전〉이나 〈심청전〉, 〈토끼전〉은 모두 판소리계 소설이다. 판

소리계 소설은 판소리 사설이 독서물로 정착되면서 발생한 소설이다. 판소리계 소설에는 초인적인 능력을 가진 영웅이 아닌 일반 백성들의 말이나 생각이 그대로 드러난다. 해학과 풍자가 함께 어우러져 조선 후기 사회의 생활을 폭넓게 보여 주기도 한다.

2. 우화 소설이란?

인간이 아닌 동식물이나 사물이 등장해서 인간의 일을 이야기하는 소설이다. 〈서대주전〉, 〈장끼전〉, 〈토끼전〉이 대표적인 우화 소설이다. 직접적으로 비판할 수 없는 것을 비판하기 위해 동식물을 등장시켰다. 인간이 직접 등장하여 이야기하는 것보다 때로 주제를 전달하는 데 더 큰 효과가 있었다.

3. 우화 소설의 특징은?

❶ 동물이나 식물을 통해 인간의 성격이나 약점을 보여 준다

여우나 양, 호랑이와 토끼 같은 동물을 이야기 속에 등장시키면 시대를 초월해 인간의 보편적인 생활을 이야기할 수 있다.

❷ 교훈이 있다

욕심이 지나쳐서 현재의 이익을 포기하거나 약한 자가 강한 자처럼 행동하려다 낭패를 보는 경우처럼 주로 인간이 실수를 하는 이야기를 다룬다. 인간의 어리석음을 일깨워서 바르게 살 수 있도록 교훈을 준다.

❸ 풍자와 해학이 있다

풍자는 남의 결점을 다른 것에 빗대어 비웃으면서 폭로하는 것이고, 해학은 웃음과 비슷한 말이다. 인간의 약점을 풍자하고 처세의 방법을 알려 주는 동시에 흥미와 웃음을 준다. 우화 소설을 읽을 때는 당시의 시대 상황과 소설을 지은 작가의 마음을 읽을 줄 알아야 한다.

4. <장끼전> 속 옛 인물들

• 백이와 숙제 : 은나라 고죽군의 아들로 백이가 형이고, 숙제가 동생이다. 서로 왕의 자리를 사양하고 달아났다. 나중에 주나라 무왕이 은나라를 치자 주나라의 곡식 먹는 것을 부끄럽게 여겨 수양산으로 들어가 고사리를 캐 먹다가 굶어 죽었다.

• 안자 : 공자의 수제자로, 안회라고도 한다. 공자가 "어질도다, 안회여! 남들은 한 그릇의 밥과 한 표주박의 마실 것으로 누추하게 사는 것을 견디지 못하거늘, 안회가 그 즐거움을 고치지 않으니 어질도다."라고 한 말처럼 학문을 좋아하고, 공자의 가르침을 실천하며 산 인물이다.

• 진시황 : 진나라의 황제로 중국을 최초로 통일했고, 도량형 도입, 화폐 통일, 만리장성 건설 등의 업적을 남겼다. 한편으로는 사치스러운 생활을 하고 선비를 굴속에 가두는 등 포악한 정치를 일삼았다. 죽지 않는 불로초를 구하려고 애쓴 황제로도 유명하다.

담고 싶은 이야기

〈장끼전〉은 두 가지 큰 사건으로 이루어져 있다. 장끼가 까투리의 말을 듣지 않고 콩 한 알을 먹으려다 덫에 걸려 죽는 사건과 까투리가 다른 장끼에게 개가하는 사건이 그것이다. 이 이야기를 통해 조선 시대 남존여비 사상과 여성의 개가 금지를 비판하고 풍자하였다.

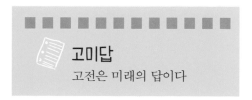

고미답
고전은 미래의 답이다

고민해 볼까?

작품의 배경인 조선 후기의 모습은 어땠을까?

❶ 칠거지악(七去之惡)

조선 시대에 아내를 내쫓는 이유가 되는 일곱 가지 이유를 정한 것으로, 여성에게 불합리한 규정으로 당시 여인들을 억압했다는 사실을 알 수 있다. 칠거지악에는 시부모에게 순종하지 않는 것, 아들을 낳지 못하는 것, 음란하고 방탕한 것, 질투심이 많은 것, 큰 병에 걸리는 것, 말이 많거나 수다스러운 것, 도둑질을 하는 것이 포함된다.

그러나 내쫓아도 의지할 곳이 없거나 남편 또는 시부모의 삼년상을 치른 경우, 결혼 당시에는 가난했으나 결혼 후에 부자가 되었을 경우는 내쫓을 수 없었다.

❷ 삼종지도(三從之道)

여자가 지켜야 할 세 가지 도리로 어려서는 아버지를 따르고 결혼해서는 남편을 따르고 늙어서는 아들을 따라야 한다는 규범이다. 여자는 남성을 따라야 하는 수동적인 존재로 보았기 때문에 자신의 뜻을 펼칠 기회가 적었다. 조선 전기에서 후기로 가면서 여성은 결혼을 하면 친정살이에서 시집살이로 바뀌어 자유로운 생활을 할 수 없었고, 출가외인(出嫁外人)이라 해서 결혼한 딸은 시댁의 식구라 생각하여 자식으로 취급하지 않았다.

❸ 재혼 금지

여자의 재혼은 금지되며, 만약 재혼할 경우 그 여자의 아들은 관직에 나갈 수 없고, 여자의 아버지는 관직을 박탈당한다. 다시 결혼하는 게 금지되었기 때문에 범죄에 가까운 약탈혼이나 보쌈 등이 행해졌다. 또한 서로 다른 신분 간에도 결혼을 할 수 없었다. 예를 들어 양반과 상민, 상민과 천민이 결혼할 경우 인정하지 않는다.

❹ 양자 제도

아들만 호적에 올리고 제사도 아들만이 지낼 수 있었다. 그래서 아들이 없으면 아무리 딸이 많아도 남의 집 아들을 양자로 삼는다. 여자는 상속에서도 불리한 위치에 있었기 때문에 경제력이 없었다.

미처 생각하지 못한 질문

1. 장끼가 까투리의 말을 들었다면 장끼와 까투리는 끝까지 행복했을까?
2. 고집을 부린다는 것은 나쁜 것일까? 좋은 고집은 없을까?
3. 까투리의 꿈을 내 마음대로 해몽해 보자.

답을 찾아 한 걸음씩 나아가기

〈장끼전〉은 장끼의 장례식장에서 과부가 된 까투리에게 청혼하는 다른 새들의 모습을 통해 그 당시 남성 중심의 현실을 반영한다. 주인공이 까투리임에도 작품 제목이 '장끼전'인 것을 보아도 알 수 있다. 그 당시에는 여성의 재혼이 금지되어 있었는데, 시대를 반영함과

동시에 그 시대의 잘못된 풍습을 반성하는 계기가 되는 작품이라고
할 수 있다.

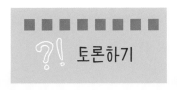

까투리의 재혼은 옳은 선택이었을까?

1. 재혼을 선택한 까투리의 결정에 가장 큰 영향을 미친 것은
   무엇일까?

2. 현실에 굴하지 않고 내 의지로 살아가는 데 필요한 덕목은
   무엇일까?

3. 나라면 어떤 선택을 했을까?

교과서에 나오는 우리 고전 새로 읽기 2

초판 1쇄 인쇄 2019년 12월 16일
초판 1쇄 발행 2019년 12월 19일

글쓴이 박윤경
그린이 김태란
펴낸이 김옥희
펴낸곳 아주좋은날
편집 이지수
디자인 안은정
마케팅 양창우, 김혜경

출판등록 2004년 8월 5일 제16 – 3393호
주소 서울시 강남구 테헤란로 201, 501호
전화 (02) 557 – 2031
팩스 (02) 557 – 2032
홈페이지 www.appletreetales.com
블로그 http://blog.naver.com/appletales
페이스북 https://www.facebook.com/appletales
트위터 https://twitter.com/appletales1
인스타그램 appletreetales

ISBN 979-11-87743-77-4 (44800)
ISBN 979-11-87743-75-0 (세트)

이 도서의 국립중앙도서관 출판예정도서목록(CIP)은 서지정보유통지원시스템 홈페이지(http://seoji.nl.go.kr)와
국가자료공동목록시스템(http://www.nl.go.kr/kolisnet)에서 이용하실 수 있습니다.
(CIP제어번호 : CIP2019045655)

아주좋은날。 은 애플트리태일즈의 실용·아동 전문 브랜드입니다.

어린이제품 안전특별법에 의한 기타 표시사항
품명 : 도서 | 제조 연월 : 2019년 12월 | 제조자명 : 애플트리태일즈 | 제조국 : 대한민국
사용연령 : 13세 이상 | 주소 : 서울시 강남구 테헤란로 201, 5층(02-557-2031)